蛇獣人の愛ある執着事情

逃げ出した私、鬼畜局長に強制仮婚約させられました

百門一新

ISSHIN MOMOKADO

一迅社文庫アイリス

CONTENTS

蛇獣人の愛ある執着事情
逃げ出した私、鬼畜局長に強制仮婚約させられました
characters profile
ジゼル（ジゼリーヌ）・デュメネ
人族貴族の子爵令嬢。十九歳。幼い日に記憶を失い孤児として過ごし、しばらく幼いながらもアリオンの家庭教師兼話し相手をしていた。
アリオン・エルバイパー
獣人貴族であるエルバイパー伯爵家の嫡男。十九歳。赤地に黒のまだら模様の毒蛇の獣人。重要機密物管理局の局長。

ネイト・スパロー	スズメの鳥獣人。アリオンの部下で重要機密物管理局の職員。
ロバート・キャッシュ	重要機密物管理局の職員。職員の派遣を管轄している課長。
アビー	重要機密物管理局の職員。事務課長できっちりとした女性。
アルフレッド・コーネイン	コーネイン伯爵家当主。黒兎の獣人で王族の護衛騎士。
ドルチェ	王都の隣領地で職業紹介所を経営する青年。
レイ	獣人族の医師。温和そうな老人。
ビセンテ	ジャガーの獣人。武装輸送課のリーダー。
アルルベンナット伯爵	人族貴族。エルバイパー伯爵家と交流がある。

… 用語 …

イリヤス王国	獣人族と人族が共存する大国。圧倒的な軍事力を持ち、防衛においては最強といわれている。
獣人	戦乱時代には最大戦力として貢献した種族。人族と共存して暮らしている。祖先は獣神と言われ、人族と結婚しても獣人族の子供が生まれるくらい血が濃く強い。家系によってルーツは様々。
仮婚約者	人族でいうところの婚約者候補のこと。獣人に《婚約痣》をつけられることによって成立。獣人は同性でも結婚可能で、一途に相手を愛する。
求婚痣	獣人が求婚者につける求婚の印。種族や一族によってその印は異なる。求婚痣は二年から三年未満で消える。
古代種	獣人のはじまりといわれる祖先に近い種族、または一族のこと。
重要機密物管理局	国家機関。機密情報書類の保管と運搬に加え、文化財産となる貴重で特殊な物の保護と保管をしている。

イラストレーション◆春が野かおる

蛇獣人の愛ある執着事情　逃げ出した私、鬼畜局長に強制仮婚約させられました

HEBI JYUUJIN NO AIARU SYUUTYAKU JIJYOU

七歳の当時、ただの『ジゼル』として生きていた。

野宿生活で転々としていた頃《ころ》、それは――彼女にとって人生を変える出会いだった。

「君、不法侵入の言葉の意味を理解してる？」

そう言ったのは、重くて綺麗《きれい》な深紅色の髪をした蛇肌《へびはだ》のある男の子だった。

絶世の美少年だという印象と裏腹に、可愛《かわい》げがなかった。食べ物を物色するため侵入したジゼルは、現行犯で見付けられて後ろめたさもあった。

「ちょうど十何人目かの家庭教師が逃げ出して、暇をしていたんだよね」

通報されるかもしれないと思ったが、なぜか彼は面白がってそう言ってきた。

「ごめん待って。――逃げ出したって言った？」

「うん、言った。君が僕の新しい遊び相手になってよ。そうしたら衣食住は保証するよ」

「えー……」

小汚い自分が？　と思って、ジゼルは獣人貴族の令息と汚れた自分の衣服を見比べた。

「考えるのもいいけど、先に何か食べない？　お菓子がたくさんあるよ」

「いいのっ？　食べる！」

有難くお菓子を分けてもらった。あれほどクッキーやカヌレを美味《おい》しいと感じたのは、人生であの瞬間が一番だった。

記憶がないジゼルは、初めて自分の目的を見付けられた気がした。

彼と出会って、したいことが見付かった。支えたいと感じた。でも、身に余るその願いは叶《かな》わないと理解した。

ごめんね、さようなら。

彼女は心の中で、別れも告げないで出ていくことを何十回も詫《わ》びて、そして九歳で彼のもとを出ていったのだ。

——のだけれど。

「ああ、ようやく見付けたよ。ジゼル」

まさか、ヤンデレ増し増しの大人になった彼に誘拐——という名の再会の場を与えられるとは、その時は思ってもいなかった。

一章　元家庭教師ですが、十年後に元生徒に噛《か》みつかれました

王都を超えた場所で保護された時、ジゼルは六歳だった。

孤児院を兼ねていた教会の神父達が、川で流されていたのを見付けて助けたらしい。

頭を打った衝撃からか、焦げ茶色の前髪の横の一房は白髪化していた。幸いにして一生残る傷跡はなくて済んだ。

だが、彼女はそれまでの記憶を失っていた。

「私の目、青いの……？」

「そうだよ。綺麗《きれい》な空色だ。ご両親のことは覚えてる？」

「ううん」

「そっか……名前は言えるかい？」

「たぶん、ジゼル。誰《だれ》かが……そう呼んでいた気がする。誰なのかは分からないけど」

記憶がないせいか、ジゼルは怖いもの知らずだった。

お転婆《てんば》で、教会に置いてくれた神父達をよく困らせたのは自覚していた。それは、できるだけ自分へかかる手間を省《はぶ》かせるための〝作戦〟でもあった。

教会には他《ほか》にか弱く、そして病などで治療を必要としている幼児や子供もいた。

記憶を失う前に教育を受けていたのか、ジゼルは教会の者達が驚く速さで勉強もこなした。

そして彼女は、もう一人で大丈夫、と書置きを残して教会を出た。

何もない、という無謀さが彼女をたくましくしていた。

生きるために自分の力だけで食べ物を得た。困らない家が「まったく」と言う程度だけ、窓から手を伸ばして食べ物を少し盗《と》るのだ。

その方法は、教会を出てから出会った自分と同じ境遇の少年達から習った。

食べ物のために王都に入り、追手を警戒して夜は王都の外で雨風をしのいで野宿する。

「――よいしょっ」

その日、ジゼルは王都の西側にある別荘地帯で大きな屋敷を狙《ねら》った。

だが屋敷の柵を飛び越えて芝生に着地し、顔を上げたところで、彼女はものの見事に固まった。

日除《ひよ》け用の木のそばの円卓席に、同じ年頃の子供がいた。優雅なティータイムを過ごしていた彼は、降って現れたジゼルに獣みたいな目をまん丸くしていた。

（あ、獣人族だわ……）

それは、王都でよく見た〝獣目〟だった。

獣目は獣人族の特徴だ。男の子の瞳《ひとみ》は、赤に金の虹彩《こうさい》という美しい目をしていた。

そして子供である彼は、幼少期のもう一つの特徴も持っていた。赤と黒のまだら模様の、美しい蛇の体表がまばらにあった。

「え、と……あはは、すみません、不法侵入するつもりじゃなくて……」

まずい。ひとまず笑って誤魔化《ごまか》そうとした。獣人貴族の屋敷で取っ捕まってしまったら、すぐそこの王都の警備隊に突き出されてしまうだろう。

相手に悲鳴でも上げられたら、と想像してひやひやしたが、可愛《かわい》い顔をした美少年は思いのほか冷静だった。

「ふうん。君、不法侵入の言葉の意味を理解してる？」

「は？」

「意図して踏み込んだ場合、それは計画的犯罪だ」

男の子の口から、可愛げのない言葉が次々にやってきてジゼルは固まる。

同じくらいの年齢なのに『不法侵入』やら『計画的』やらと的確に言われて、落ち着いているというか賢いのだと察した。

まずい相手にでくわした。ジゼルは頭の中で大急ぎ考える。

「えーっと……計画的というには状況考察がいささか突拍子もないと思うの！」

「そう？」

「そう！　だって、計画的犯罪の定義って知ってる？　『個人の敷地内と知って侵入経路を器物損壊で作り、金銭を盗む目的でそれが入る革袋などを所有した状態で進み入る』という状況のことが法律書には書かれているのよっ」

ジゼルは、どうだと言わんばかりに指を突き付けてやった。

働けないので仕方なく選んだ食う道、彼女は今の生活を開始する前に、法律部分は頭に叩《たた》き込んでいた。

とはいえ、今のはジゼルが悪い。逃げるための時間稼ぎに効くようにと祈った。

「へぇ。そうなんだ」

さすがに法律系の文書は読んでいなかったらしい。ようやく子供らしい様子を見て、ジゼルは希望が見えてきた。

「えっと、そういうわけで私は道に迷っていただけなので、ここから出るわね。ばいば――」

「待って」

くるっと背中を向けた次の瞬間、どんな速さで移動したのか、彼がジゼルの服の背中部分を右手で掴《つか》んで引き留めた。

「ちょうど十何人目かの家庭教師が逃げ出して、暇をしていたんだよね」

「ん？　ごめん待って。――逃げ出したって言った？」

「うん、言った。君が僕の新しい遊び相手になってよ。そうしたら衣食住は保証するよ」

「え――……」

乗り気でない声を出したら、服を掴んだまま少年がにっこりと笑った。

「問題でもあるの？　君、見たところ孤児だろ？」

「まぁそうだけど。逃げ出したくらいの理由があるのかな？　と心配になったし、ほら、うまい話にはなんとやら……と言うし？」

「意外と警戒心が強いんだね」

彼はにっこりと笑いかけてきた。ジゼルもつられて笑い返した。

「僕はアリオン、君の名前は？」

「私はジゼルよ」

「考えるのもいいけど、先に何か食べない？　お菓子がたくさんあるよ」

「いいのっ？　食べる！」

アリオンと名乗った少年に手を引かれた。円卓に並ぶ一人分とは思えない菓子の宝の山に腹がぐうぐうと鳴って、つられて椅子《いす》の一つに座る。

「では早速っ、いただきます！」

まずは、香ばしい匂《にお》いがたまらない大きなクッキーにかぶりついた。

「んんっ、美味《おい》しい～！」

「そう？　それなら、そっちの皿のものは君にあげるよ」

「ほんとっ？　ありがとう！」

クッキーが載った皿を彼が寄せてくれた。両手で大きなクッキーを持ち、食べていくジゼルの様子を、彼はテーブルに頬杖《ほおづえ》をついて面白げに眺めていた。

「ふふっ、君の方が獣みたいだ」

「何それ？　でも、まぁ野生児なのは認めるわ」

「あはは、面白い」

何が面白いのだろう。そう思ってジゼルが首を傾《かし》げると、アリオンが別の皿にあったカヌレをつまんで、見せてきた。

「ねぇ、この焼き菓子も欲しい？」

「んぐっ。くれるのなら、もちろん！」

とてもお腹《なか》が空いていたのだ。ジゼルは、クッキーを急ぎ飲み込んでそう答えた。

「じゃ、僕の手から食べてくれる？」

アリオンが、持ち上げたカヌレをひらひらと振って艶《つや》っぽく笑った。

「口で受け取ってくれるのなら、あげる。まぁお遊びみたいなものだけど、そういうのが嫌なら無理にしなくてもいいよ。君にもプライドはあるだろうし――え？」

ジゼルは、彼の話はよく聞いていなかった。食べていいと聞くなり、テーブルに身を乗り出して躊躇《ちゅうちょ》なくカヌレにかぶりついていた。

「これ美味しいわね！　ありがとう！」

両手で持ち直しながら満面の笑みでお礼を言ったら、アリオンが腹を抱えて大笑いした。

「あっはははは！　嫌がらせにもならないなんて、初めてだな」

「親切の間違いでしょう？　ふふっ、言い間違えるなんて。あなたより、私の方が一歩賢いみたいね！」

ジゼルは彼が寄せてくれた皿から新しいカヌレを取りながら、胸を張った。

「そうやって言われても全然賢そうに見えない。ふふっ、年上ぶってるけど、いくつなの？」

「私？　今年で七歳になるわ」

「僕も同じだよ、七歳」

「えーっ、私より小さいのに？」

ジゼルはテーブルに片手をつき、もう一つの手で身長を比べた。彼が新鮮そうに笑顔を輝かせて「失礼だなー」と言った。

お喋《しゃべ》りが絶えなかった時だった。大きな声が向こうから上がった。

「まぁ！　坊ちゃま！　その小汚い娘はなんですっ？」

そちらを見てみると、エプロンを持ち上げて駆けてくる太ったメイドの姿があった。彼女の後ろから、燕尾服《えんびふく》の中年男も続いている。

屋敷の使用人達だろう。うっかり長居してしまった。

（『小汚い』か。まぁそれはそうよね、小汚いもんねぇ）

ジゼルは、思い残すことがないよう一番気に入ったクッキーを口に運んで、もぐもぐし続け

ながら思った。

観念した気持ちでいたので、続いて聞こえてきたアリオンの回答に驚いた。

「僕がこの柵を乗り越えて、拾ってきた。そしてここに座らせた」

ジゼルはクッキーを咽《むせ》そうになった。なんてさらっと嘘《うそ》を吐《つ》くんだ。

（普通、それで相手が納得するはずが――）

するとその太ったメイドが円卓のそばで立ち、片手を腰にあて、もう片方の手で柵を指した。

「元の場所に帰してらっしゃい！」

（えぇーっ、それでいいの？）

とっ捕まえられて、椅子から引きずり降ろされるかと思っていた。

それでも必死にクッキーを食べ続けているジゼルを見て、燕尾服の中年男が「えぇぇ」と戸惑いの声をもらした。頭を振ってアリオンに尋ねる。

「モリザ、少し下がっていなさい。坊ちゃま、失礼ですがその子供をどうなさるおつもりでそこに座らせたのです？」

「さすが当家の執事長だ、話が早い。面白いから僕の家庭教師にする」

執事長という偉い身分だったらしい中年男の彼が、ふらっとした。だが、一拍後にふんっと足を前に出す。

（あ、踏み止まった）

　ジゼルは、別の焼き菓子を試食しながら呑気《のんき》に思った。

「坊ちゃまは今、勉強においても大事な時期です。そのような子供に講義をさせるのはさすがにお厳しいかと……ところで坊ちゃま、家庭教師と言えばエリーゼの姿が見当たりませんが、ご存じありませんか？　このあと一番目の授業が始まるご予定でしょう」

「逃げたよ。彼女、働く環境が合わなかったんだって」

「また追い出したのですか⁉」

　冷静に立ち戻ったかと思われた執事長が叫んだ。その後ろで太ったメイドが「どうしましょ」と騒いで、他の使用人達も呼んでうるさくなる。

　ジゼルは、それを眺めつつクッキーをひたすら食べていた。

　飽きたみたいにアリオンが同じくクッキーをつまむ。

「ねぇ、美味しい？」

「すごく美味しいわ。ところであなた、家庭教師を追い出したの？」

「人聞きの悪い。暇潰《ひまつぶ》しに嫌がらせをしたら、辞めていっただけだよ」

「あなた、性格が悪いのねぇ」

　なるほど、とジゼルは今になって理解した。賢いから余計に性質《たち》が悪いみたいだ。

「それ、はっきりと言っちゃう？　ふふっ、やっぱり面白いなぁ」

　顔を寄せて話を楽しんでいると、執事長が使用人達と共にハタとして見てきた。

「あなた様は、坊ちゃまが連れ込んだという娘ですが……」

「名前はジゼル、家も家名もないよ」

「はぁ、溌剌《はつらつ》として聡明な方ですね。今、我々は大変気になっていることがあります、答えていただけますか。その……あなたは平気なのでございますか？」

緊張気味に見守られたジゼルは、質問の意図が分からなくて顔を顰《しか》めた。

「小さいくせにいっちょ前に口が回る彼のこと？　普通だけど？」

「本人を前によく言ってくれるね。口も回るうえ頭も回るのは君だろ。そうそう、僕はね、彼女に言い負かされたんだよ」

「坊ちゃまが？」

アリオンが教えると、彼らが驚いたようにざわつく。

自分達の一存では決められることではないと執事長に言われ、ジゼルは引き留められて彼の両親の帰りを待つことになった。

身体《からだ》の汚れを湯浴みで洗い流し、服も借りた。

そしてアリオンと夢中になって庭で遊んでいる間に、とっくに屋敷の主人達が帰宅していて、次に呼び出された時にはすべての話がまとまっていた。

「よろしければ新しい方が見つかるまでの間、試しに坊ちゃまの家庭教師をしてみませんか？必要なレベルの勉強を都度《つど》、私の方で叩き込みましょう。同年代の友達としても、坊ちゃまの相手をして欲しいと旦那様と奥様もお望みです」

アリオンは家庭教師による本格的な教育が始まったが、散々嫌がって執事長も苦労しているという。

彼女が付くことによって、進んで勉強してくれるようになると有難いらしい。

「それくらい困ってるのねぇ……」

「みんな、嫌がるからね」

何を？　と思ったジゼルは、アリオンの綺麗な蛇肌《へびはだ》が付いた手で、手を握られた。

「君がいるなら毎日楽しそうだ。他の授業も一緒に受けようよ」

執事長の後ろで様子をうかがっていた使用人達が「おぉっ、アリオン様が！」と大袈裟《おおげさ》に驚いている。

普段、どれだけ反抗して困らせていたのだろうか。

ジゼルはまだ外で働くことができない。衣食住付きで、アリオンのついでに学ばせてくれるというのは好条件だった。

「うーん、私は構わないけど、あなたはそれでいいの？　子供の家庭教師だよ？」

「いいよ。僕は、君がいい」

「ふうん？　それでよければ、お試し期間よろしくね？」

そしてジゼルは、しばらく彼の家庭教師の一人に加わることになった。

だが〝気紛《きまぐ》れのお試し〟で終わることはなかった。

それから実に二年、ジゼルは家庭教師を務めることになる。

彼の両親も屋敷の者達も驚くことに、アリオンは反抗をやめて家庭教師達の授業もきちんと受けて勉強してくれた。

「ねぇ、僕が大人《おとな》になるまでここにいてよ。どこへも行かないで、成長変化が終わる瞬間には必ず隣にいて」

彼は、ジゼルにたびたびそう言った。

初めて言い負かされた女の子として尊敬してくれているのだろう、とジゼルは思った。彼はどこにでも一緒にいたがり、自分で世話も焼いた。

それを一部の令嬢達は目の敵《かたき》にした。

獣人貴族で、しかも伯爵家。そして彼は唯一の跡取りだ。

家庭教師の提案を受け入れた日に、ジゼルも彼の正体を知った。けれど友情の前には関係ない――そう思っていた彼女は、二年後に愚かさを思い知らされることになる。

「うん、ごめんね。私がいるとだめみたい。ばいばい」

九歳の秋、ジゼルは彼の茶会デビューも見届けることなく、自分からそこを辞めて出ていったのだった。

◆

騒がしい鈍い音で目が覚めた。

カーテンは閉まっているし、まだメイドの起床はない。耳を澄ませると、一階の方がどたばたと賑《にぎ》やかだ。

「そっか、姉様が帰ってきているんだっけ……」

ジゼルは枕を抱き締めた。枕と白いシーツに広がった彼女の焦げ茶色の長い髪は、前髪の横に白いラインが入っていた。

「……また、あの頃《ころ》の夢を見たな」

ジゼルがまだ家庭教師をしていた頃、十年も前の話だった。

もう、全《すべ》て終わってしまったことだった。それなのに、時折こうして夢を見る。そう思い返していると、唐突に扉が勢いよく開いて騒がしい声が飛び込んできた。

「可愛いわたくしのジゼリーヌ――っ！」

「ぐぇっ」

顔を上げたと同時に、姉が上にダイブしてきた。

「うふふっ、ジゼリーヌったら寝起きも可愛いわね！　あー、久し振りに見たら、このまま甘やかして一緒にわたくしも眠ってしまおうかしらと思うわ」

それは姉のジョゼットだった。

そっくりの焦げ茶色の長い髪と、ジゼルよりもややおっとりとした感じの品のある空色の瞳をしている。

「あら、寝ぐせ」

そう言って髪を撫《な》でる姉に、ジゼルは口元がひくひくする。

「姉様、私、自分で起きて直すから――ぐはっ」

「そうだわ！　聞いてちょうだいジゼリーヌ！　夫との新婚旅行の日程が決まったの、明日には出発なんて楽しみすぎるわ！」

「そ、それから、早くどいて……」

ジゼルは、ぷるぷると震える手を伸ばした。しかし姉がどんどんシーツ越しに叩いてくるので、とうとうベッドに手が落ちた。

その時、メイドが慌てて飛び込んできた。

「ジョゼットお嬢様！　婦人たるものベッドに飛び乗らないっ、妹にのしかからない！」

「え～、だってジゼリーヌが教えてくれたことよ？　愛情表現よ。夫だって、わたくしのそういうところを好きだと言ってくれているわ」

「ヴァン様……」

メイドが残念そうに結婚相手の名を呟《つぶや》いた。

気を取り直して、とにかくジョゼットをベッドから降ろさせた。起き上がったジゼルのぼさぼさになった髪を見たジョゼットが、くすくす笑って手櫛《てぐし》を入れる。

「いいわよ、姉様。あとでやっちゃうから」

「数ヵ月前まで、よくこうしていたのが懐かしくて。そうそう、新婚旅行の準備をしていた時の夫の話もしたいの」

「あれ？　兄様が一階にいるじゃない」

「やーねー、あの人に話しても全然反応が面白くないんだもの！」

「……それ、兄様に言ったら泣かれるわよ」

ジゼルは、結婚式で本気で泣いていた長男を思い起こした。

「可愛いジゼリーヌ、早く下りてらっしゃいね。ここでの最後の食事なんでしょう？　なら、長く一緒に過ごして。そのためにわたくし、いったん実家に帰ってきたのだから」

「――うん」

あとでねと言って、出ていくジョゼットを見送った。

「さ、ジゼリーヌお嬢様。最後なのですから、いつもより入念にお世話をさせてくださいませ」

二人のメイドも加わって朝の支度が始まる。

湯浴みで肌を磨かれ、長い焦げ茶色の髪も丁寧にケアされ櫛で梳《す》かれた。そして外歩きに適した新しい服に袖を通させられる。

（ゆったりとした空だわ）

ジゼルは窓から見える青空を、同じ色の瞳に映してそう思った。

アリオンの屋敷を出たあと、実の両親に見付けられた。あの頃を思い返すと当時が夢みたいに思えて、信じられなくなる時がある。

彼女は現在、人族貴族、ジゼリーヌ・デュメネ子爵令嬢として生きていた。

『ジゼル』というのは愛称だったようだ。

川に落ちてしまうという事故があって、家族は今も生きていると信じて探し続けてくれていたらしい。

別荘地から出て歩いているところを呼び止められ、馬車から飛び降りてきた貴族の中年紳士に「ああっ、ジゼル！」と抱き締められた。

ジゼルは同じ焦げ茶色の髪と、青い目をした家族を見て懐かしさで涙腺《るいせん》が崩壊した。

家族がいた、兄姉《きょうだい》がいた――それがジゼルは何より嬉《うれ》しかった。

『川に落ちる前の記憶が戻らなくとも、これからの時間を共に築いていけばいい。たくさんの思い出を作っていこう』

父のデュメネ子爵はそう言ってくれた。

ジゼルは、そのまま王都から離れるようにデュメネ子爵領へと連れて帰られて、それから約十年を子爵家領地の屋敷で愛情深く育てられ過ごした。

ジゼルと似た少々やんちゃな姉、甘いものが好物な兄。それから、ちょっとそそっかしい両親と、少ない使用人達との暮らしは穏やかだった。

令嬢教育も身に付けたものの、ジゼルは風変わりな生き方が途中にあった。

貴族としての生き方が合わないのを感じていた。だから、もし十八歳を過ぎても婚姻の話がないようなら、好きにさせて欲しいと両親に頼んだ。

『やんちゃな末っ子の、最初で最後の我儘《わがまま》だと思って自由にさせてください』

自分で〝合う〟と思える道を探していきたいと思った。

一時『捨てられた』と思って生きていた過去があったからか、両親も、貴族として生きなさいとは強要しなかった。

他の人族貴族なら、縁談のためにしょっちゅう連れ出されたりするものだ。しかし両親は『もし婚姻話が』と約束をしたというのに、それもないまま屋敷と領地でジゼルと家族との時間をたっぷりと過ごした。

そして縁談が一つもないまま、ジゼルは十九歳の誕生日も過ぎた。

その年の夏の日差しが和《やわ》らいだ本日に、旅立ちの日を迎えたのだ。

かなり子供に甘い両親だと思う。それも全てジゼルが好きだからやったことだと分かっていたので、彼女は感謝ばかり抱いていた。

大好きだ。離れても、ジゼルは彼らとずっと家族だ。

「ちょっとした花嫁修業だと思えば、ジゼルが外で自分の道を探すのも賛成だよ。しっかりしているから私達も安心だ」

「そうねぇ、ジェイクよりもたくましいし」

たくましい、とは腕っぷしのことだろう。

食卓で兄が「すみませんね」と母に苦笑していた。

ジゼルも令嬢として暮らし始めてからは、そんな自分は抑えるようにしていた。……たぶん、昔よりはだいぶ落ち着いたと思いたい。

「いつでも帰ってきていいからな」

「はい。ありがとう、兄様」

外で仕事を探して、しばらく自由に生きる。

そんな末娘の出発に、わざわざ嫁いだ姉も帰郷して家族全員が玄関先まで集まり、全使用人達共々送り出してくれた。

嫁いだはずの姉、領地経営での出張予定を一日ずらした兄。それから、社交を休んで家にいる両親——時間を合わせてくれた庭師達も、ここでお見送りとなった馬丁《ばてい》も専属御者も涙ぐんでいる。

「今生《こんじょう》のお別れではないのに、みんな大袈裟ね」

「だってお嬢様、上司の話を聞いてちゃんと仕事ができるか不安でっ」

「変なところに就職されないといいのですが……警戒心もちょっと心配です」

ひどい。いちおう見る目は養っているつもりだ。

ジゼルは、勉学の面でも褒めてくれた執事の言葉に呆然《ぼうぜん》とする。

「王都には獣人族がいるからね。運命の恋に落ちられたらと思うと、パパ、ぐっときちゃうなー」

「あはは、そんな都合のいいことなんて起こらないわよ」

「あなたったら、とことん夢も抱かないんだから」

姉が頬を膨らませる。

(ロマンチックな夢なんて抱けない、とは言えないよね)

ジゼルは七歳の時、現実を見るので精一杯の中で生きてきた。言ったら悲しませるのが分かっているから、困ったように笑うだけに留める。

家族は、貴族として結婚し嫁入りして欲しい希望があるみたいだった。

数年、ジゼルが行方不明になっていたので心配なのだろう。

家族達はジゼルに〝帰る家〟を望んでいるのだ。幼い頃の一時にあった食うにも困る生活とは一切無縁の、いいところに嫁いで幸せな家庭を築くことを願っている。

そう思い返した時、痛い思い出が蘇《よみがえ》ってずくりと胸が痛んだ。

「――じゃあ私、もう行くね」

予約してあった馬車に乗り込み、大きな鞄《かばん》一つに詰め込まれた荷物を足元に置く。

馬車は長年暮らした屋敷から出発した。車窓から両親達に手を振り続けたジゼルは、見えなくなったところで馬車に揺られながら自然豊かな領地の風景を眺めた。

(アリオン、元気にしているかな……)

昔、可愛がっていた教え子との望まない別れがあった。

同じ年齢だったけど、彼はジゼルよりも小さかった。いっちょ前に難しいことを言って反論したが、甘えて、いつも守られたがるところもあった。

『寒いからそばにいて』

今でも覚えている。

苦いコーヒーを好んで大人びた彼は、意外にも寒がりで風が冷たくなると外に出るのを嫌がった。それは蛇の獣人族の性質なのだとか。

そのたびジゼルは、アリオンをコートにくるんで庭に引っ張り出した。

綺麗な雪景色《ゆきげしき》を、彼にも見せたかったからだ。冬が好きになってくれるといいなと思った。

『体温を分けてくれるなんて嬉しいな。ねぇ、ずっとこうしていてよ。それとも部屋を閉めきって、永遠に二人でいようか』

……まぁ、ちょっと危ないところもあったけれど。

ひねくれた部分もありつつ、極端さも持ち合わせた性格でもあった。

(悪いこと、したな)

彼の性格云々《うんぬん》などジゼルに言う資格がないほど、彼に後ろめたさがあった。

約十年前の今頃、ジゼルは置き手紙を一つ残して自分から家庭教師を終了した。

当時の離別の決意は、つらい決断でもあった。彼のためを思えばしなければならないことだったのだ。

(アリオンも十九歳……もう立派になって活躍しているんだろうなぁ)

彼がすごく頭がいいことは、勉強を教えながら分かった。ジゼルは彼に追い抜かれたくなくて、執事長のスパルタな授業も自主的に挑んだものだ。

令嬢として勉強をし直して、伯爵令息である彼とは住む世界も違うと実感した。

(〝彼女〟達の言葉は、正しい……)

伯爵家に訪れていた人族貴族の令嬢達のことを思い出して、胸がツキリと痛む。

けれどアリオンのことを思うと、とてもつらい。家族に見つけ出されてからは、できるだけ王都には近付いていなかった。

(ごめんなさい父様、この紹介状も使わない予定なのよね)

仕事も、王都から離れた場所で探すつもりだった。苦戦するだろうが、雇ってくれる先を自分で探す予定だ。

令嬢友達のアビータの話によると、バルハックの町はいいらしい。

王都の隣領地ということもあって治安もよく、交通も整って帰省にも条件がいい。そこで働いていることがバレてしまっても両親を心配させないだろう。

バルハックは、ここ数年でかなり大きくなった職業紹介所があった。無料で宿を提供していて、女性の職にも強いのだとか。

「よしっ、頑張るわよ！」

ジゼルは意気込んだ。

すでにアリオンだって仕事を一生懸命やっている。一足遅れて、彼女も今日からようやく彼と同じように仕事ができる立場になったのだ。

そう思ったらやる気も増し増しだった。

さあ、これから新しい人生が開ける――そう彼女は思った。

◆

馬車で二日かけてバルハックに到着したところで、ジゼルは下車した。予定の王都まで一日半を残してのことだった。

「お嬢様、本当にここでいいんですかい？」

「ええ、ありがとう」

代行御者は予定変更を不思議がったが、ジゼルがお礼を兼ねてチップも弾むと「幸運を」と言って、王都にある自身の所属会社へと出発していった。

「さてと、まずは仕事探しね」

たくましいジゼルは二日の馬車旅も平気だった。

久しぶりの軽装が嬉しくて、大きな鞄を一つ持って早速、町の中を歩き始める。

初めて来たバルハックの町は都会的だった。貴族の行き来は少なめで、大半が仕事人のようだ。

（――まずは私も、仕事に就きたいわ）

それが、ジゼルの第一目標だった。

仕事にやり甲斐《がい》を覚えた時には、自分がやりたいことを見付けられているかもしれないから。

長年考え続けたが、アリオンのもとを飛び出した九歳の時以来、やりたいことを見失ってしまっていた。

（貢献できる仕事がしたいのよね。女性が資格必須の書類業務関係に関わるのは至難とは言われたけど、私はそれがしたいわ）

手記と計算は早い自信はあるので、根気強く就職活動を頑張りたいと思う。

話に聞いていた職業紹介所はすぐに見つかった。

遠くからでも目立つ看板を屋上に掲げた大きな建物があった。広い窓口を訪ねてみると、すぐ女性社員が来てくれて登録から職業探しの流れまで親切に説明してくれた。

「それでは、こちらにご記入をお願いします。書き終わった頃にまいりますね」

「はい」

ジゼルは登録用紙にペンを走らせた。

大丈夫そうだと見届けた女性社員が、目の前からどいて別の訪問者の対応に回った時だった。

奥の方から、ガタッと音がした。

顔を上げると、窓口の内側の奥の席にいた男が、目を丸くしてジゼルを見ていた。

「なんですか？」

「いや、その、……特徴的な髪だなと思って？」

ジゼルは気付いて、前髪の横の白髪のラインをつまんだ。

「昔、川から落ちた時に頭をとても強く打ったみたいで。ここだけ髪が白いんです」

領地ではすっかり珍しがられなくなっていたから忘れていた。

獣人族は幼少期、ルーツになった獣の特徴が髪にも表れて模様などが入った。しかし大人になるとなくなるので、ジゼルの二色頭は少々目立つのかもしれない。

そんなことを思っていると、彼が先程まで女性社員が座っていた椅子に移動してきた。

「ところで、レディ。今日は一人ですか？」

「ええ、一人です。もしかして登録に関係があることですか？」

登録用紙にも希望する職業や得意科目だけでなく、結婚予定の有無など色々と質問が並んでいた。

「そうです、ああ、申し遅れました。私は面接官の一人でもあるドルチェです――あ、そこの君、メモをくれ」

ドルチェと名乗った男が、近くの席にいた男性社員を呼んだ。彼が首を傾げつつ「どうぞ？」とバインダーに挟まれた用紙を手渡した。

「それで、レディは――なるほど『ジゼリーヌ・デュメネ』とおっしゃるのですね」

面接風に構えたドルチェが、登録用紙の戸籍項目を覗《のぞ》き込んだ。

「こちらの登録前面談の紙には『ジゼル』と書いてありますが、こちらは愛称ですか？」

「すみません、愛称です。呼ばれ慣れている方で構わないと先程の担当の方にも言われたのですが、書き直した方がいいでしょうか？」

「いいえ、これはうちへの登録名ですから問題ありませんよ。さて、面接を再開しますが――家出ではありませんよね？」

ドルチェが椅子の背にもたれかかり、気を解《ほぐ》すみたいに茶化す口調で言った。

「ふふ、もちろん違います。縁談もないままの末っ子だったので、好きにやらせてくださいと言って家を出たんですよ」

「ほほぉ、それで就職を希望ね。ご協力ありがとうございます、たまに家出で寮目当てに駆け込んでくる方もいらっしゃるので、いちおうは確認を」

取って付けたようにそう言いながら、ドルチェは登録用紙と目を往復させつつ立てたバインダーに走り書いていく。

ジゼルは何が書かれているのか分からなくて、面接への緊張感で背筋が伸びた。

「得意なものなど書いていただいていますが、明確な希望や候補はあったりしますか？」

「書類整理から計算も得意なので、少し専門的でも挑戦してみたいなとは思っています」

「それは前向きですね。これからの職業探しには幸先《さいさき》がいい」

「ということは、私は受付の面接は合格ですか？」

ジゼルは、空色の目を明るくした。ドルチェがバインダーをぱたんと閉じて、にっこりと笑う。

「ええ、そうです。おめでとうございます。あとは登録用紙を先程の担当者に渡せば、職業紹介へと進めます。素敵な仕事のご縁があることを祈っています」

「ありがとうございますっ」

不意打ちの面接だったが、第一関門をクリアできたようでほっとする。ドルチェは立ち上がるとジゼルに会釈し、急ぎ足で向こうへと歩いていった。

ちょうど残りの質問項目を書き終えた頃、先程の女性社員が戻ってきた。

「できるだけ早く就職されたいとのことでしたので、面談結果で導き出された希望職の採用募集を一通り集めてまいりましたわ！」

「ありがとうございます！　こんなにあるんですね」

「ただ、先に申し上げた通り、希望する仕事内容が絞られている場合ですとスムーズに数日で決まるのは稀《まれ》です。必要なのは根気と根性、なかなか面接で採用されなくても、めげずにご希望の種類の職に就けるよう一緒に頑張りましょうねっ」

「はい！　頑張ります！」

必要なのは根気――その言葉通り、ジゼルは初日の面接活動で七件連続で落ちた。

◆

馬の、蹄《ひづめ》の音だ。

建物の中の木箱の上で膝《ひざ》を抱え、頭を軽く休めていたアリオンはふっと顔を上げた。その拍子に、重々しい色合いをした赤い髪がぱさりと細身の肩にかかる。

「——馬車の到着ではないな」

いったい誰なのか。そう思い彼は、少しくすんだ窓の向こうを、ルビーのように赤いのにどこか淀《よど》んだ目で見やる。その金の虹彩も冷ややかだ。

ここはバルハックの職業紹介所から、少し離れた場所にある第三中継倉庫だ。

アリオンはそこで〝部下達〟の到着を待っていた。

彼は、獣人族の中で毒蛇種だ。どんな毒にも耐性がある。

なので封がされているという〝例の物品〟を確認し、安全が確認されれば、管理局へ持ち込む手筈《てはず》でいた。

だというのに、建物に入ってどんどん近付いてくる足音は、獣人族の聴覚で聞き取っても部下達ではない。

(足音が軽い、戦闘訓練を受けた者ではない)

聴覚から拾った情報でこの近くの知り合いだと割り出したアリオンは、気だるげに腕を動かし、木箱のそばに置いてあった眼鏡《めがね》を拾ってかけた。

その時、タイミングよく扉が開いた。

「なんだ、ドルチェか」

「ここにいるというお話を聞いたもので」

そこから入ってきたのは、バルハックで職業紹介所を経営しているドルチェだった。

「今は話したい気分じゃない。あとにしてくれ」

「あなたはいつもそうでしょう、仕事以外の時間を嫌う」

膝に頭を戻そうとしていたアリオンの目が、殺気立ってドルチェを見据えた。

「今、僕は話す気分ではない、と言った」

失せろ、と全身からの殺気がドルチェにそう伝える。

けれどドルチェは、年下の従兄弟《いとこ》でもなだめるみたいに苦笑しただけだった。

「夢見でも悪かったんですか？　生憎《あいにく》、俺《おれ》はあなたを恐れませんよ。獣人族の〝畏怖〟は利かない体質なんで」

アリオンは小さく舌打ちし、前髪をくしゃりとかき上げた。

「たまに夢を見た時はいつだって、悪夢に決まってる」

——彼女を、失った時から。

そのまま視線をそらしてしまった彼に、ドルチェは平然と近付いていく。

「あなたが苛々《いらいら》をぶつけてくるのも珍しいですね」

「生憎、仕事が〝足りなくて〟ね」

「これ以上仕事をしてどうするんですか。俺らの出資者でもあるあなたの一族、エルバイパー伯爵様達も、もしあなたがお倒れになったら嘆きますよ」

「他にしたいこともないんだ。放っておいてくれ」

話を切り上げるべく、アリオンは手を振って窓に寄りかかった。

「彼女を見付けた、と言っても？」

その言葉を聞いた瞬間、彼は弾《はじ》かれるように見つめ返した。目が合ったドルチェが唇を引き上げる。

「ようやく、あなたのルビーの目が明るくなったのを見た気がします」

「それは本当か？　彼女を見付けたのか？」

「ええ、偶然ですが、話もしましたよ。うちの職業紹介所に来たんです。話で聞いていた通り〝髪に白いライン〟が入っていました──名前を聞いたら『ジゼル』と呼ばれている、と」

確実に本人だ。

アリオンは木箱から降りると、向かいの木箱に引っかけていたジャケットを羽織った。

「すぐに向かう」

「落ち着いてください、ここであなたが抜けたら部下達が困るでしょう」

「そんなことどうでもいい」

「部下泣かせですね。俺から詳細を聞くのも忘れてますよ。動転しすぎです、ひとまず落ち着いてください。恐らく彼女はしばらく町にいます。もし雇用が早めに決まってしまったとしても、俺の方でどうにか引き留めておきますからご安心を」

「……どうしてそこまで協力を？」

ドルチェは小さく笑った。

「あなたが俺や、色んなところを巻き込んで、ずっと探し続けていた女性です。仕事中毒の毒蛇が、その目の色を変えるのを見るのも面白そうですし――それに我々の仕事のモットーは『良きご縁』だ。ようやく、あなたにご恩を返せそうで俺は嬉しいですよ」

仕事で知り合い、支援をもらったことで大きな会社となった若き経営者ドルチェは、登録用紙とジゼルの話から聞き出した情報をアリオンに渡した。

◆

あれから四日、今日もジゼルは職業紹介所に通っていた。

「……さ、採用通知が来ました！」

夕刻の少し前、建物に届いたのは一通の白い封筒だ。それを掲げた彼女に、窓口の担当女性も「良かったですねぇ」と涙を滲《にじ》ませた。

言われていた通り、ジゼルは今日まで何十件もの募集申請や面接で落ちた。

めげずに一日中ここに入り浸って頑張っていたところ、昨日、ようやく商人向けの仲介卸の事務から前向きな反応をもらえた。

面接の際、ジゼルが経理も勉強する意欲を示した意気込みを買ってくれたらしい。

覚えも早い方なので、やっていけると彼女も自信があった。

「それでは明日、会社で会いましょう」

「はいっ、よろしくお願いします！」

その翌日の午前中、職業紹介所の応接席で顔を合わせたオーナーは、トリーと言った。優しい目をした、ふっくらとした中年男性だ。

正式に採用が決まり雇用契約を彼と確認したのち、ジゼルは紹介終了の手続きをした。

「やる気がある人は就職先でも大事にされますわっ、頑張って！」

「はいっ、頑張ります！」

ジゼルは軽い足取りで職業紹介所を出た。

(アパートも会社のものがあってよかったわ。あとは、明日出る際に紹介所の寮の退出届けをして、時間通りに会社で待ち合わせて――)

そうスケジュールを思い返していた時、目の前に馬車が滑り込んだ。

「……はい？」

つい呆《ほう》けた声が出てしまったのは、停まると同時に馬車の扉が開き、手に縄と麻袋を構えた男達と目が合ったせいだ。

「〝ジゼル〟・デュメネだな？」

「へ？　あ、そうですね、正式にはジゼリーヌ・デュメネと言いますが――ひえええぇぇ!?」

答えた矢先、担《かつ》ぎ上げられ馬車に詰め込まれた。

ジゼルを乗せるなり馬車は走り出す。彼女は見事に縄で拘束《こうそく》され、あっという間に麻袋を頭からかぶせられていた。

「こ、こここれって誘拐!?　それとも私売り飛ばされるの!?　美人でもないし私なんて売っても最安値よ!?」

びっくりして色々と叫んだら、男達がほろりとした様子でツッコミする呟きが聞こえた。

「真っ先に美人じゃないって言葉が出るんだ……」

「まさかの最安値……」

「お前らしっかりしろ」

叱《しか》る男の声が聞こえたかと思ったら、近くにしゃがみ込まれる気配がした。

「ひとまず言っておきますが、売り飛ばしません」

「へ？　じゃあなんで――」

「我々は、あなたを迎えにきただけです。怪我《けが》をされると困りますから、暴れないでいただけると助かります。あなたに会いたがっている人がいます」

ジゼルは、ぴたりと静かになる。

（……迎え？　風変わりな方法過ぎない？）

予想外の言葉に、さらなる困惑まで加わった。

危害を加えないというのは安心したが、なぜこんな強引な方法を取ったのか。ジゼルは次々に浮かぶ疑問を考えていた。


やがて馬車が到着した先は、大きな建物だった。

麻袋を外されて下車させられ、木々が茂った先を抜けると、唐突に豪華な屋敷の正面玄関が現れてジゼルは驚いた。

(後ろにも、何か別の建物があるみたい……？)

建物同士が連なっているようだが、よくは見えなかった。

下車してからずっと、素直に連れられているジゼルに男達は心配そうでもあった。屋敷に入ると、人払いがされているのか静まり返っている。

玄関フロアから奥へと進み、一人の男がノックした。

「お連れいたしました」

中から小さな応答があって、扉が開けられた。

窓辺から男が歩いてくる姿があった。ルビーみたいな色をした男の目は切れ長で、美しいのに不思議な圧もまとっていて――。

(アリオンだ)

目が合った瞬間、ジゼルの心臓がどくんっと大きくはねた。

人形かと思うほどに美しい大人の男性は、アリオンだった。赤地に黒がまだらに入ったような重たい色合いの髪。幼さが抜けきった冷淡できつめの瞳も、しゅっとした鼻筋から唇の感じも、ジゼルが覚えている当時の彼と重なった。

彼の美しい赤い獣目は、真っすぐ彼女を見据えている。

「ああ、ようやく見付けたよ、ジゼル」

アリオンの顔に、あの頃と同じ笑みが浮かんだ。

まさに彼だ。

ジゼルは驚きのあまり声が出なかった。動けないでいる彼女を残して、男達が速《すみ》やかに出ていく。

「ア、リオン……」

今にも、恨み事を吐き出されるのではないかと思い喉《のど》がカラカラに乾いている。けれど名前を呟いただけなのに、アリオンの目が一層和らいだ。

「良かった。僕のことは忘れていないんだね」

忘れるはずが、ない。

だから一目で、ジゼルは彼だと分かったのだ。

別れてから十年、彼はとても美しい青年へと成長していた。すっかり長身となり、丈の長いジャケットを細身に見事着こなしている。

けれど、その髪も目も、今も鮮明に覚えている幼い頃と同じだったから――。

「綺麗になったね。髪も、あの頃より長く伸ばしたんだ、よく似合ってるよ」

「あ、ありがとう。アリオンも少し髪を伸ばしたのね」

昔なら『素敵になったのね』と言えたことが、なぜか今は口から出せなかった。美しい彼を前に、こんな状況なのに乙女《おとめ》チックな気恥ずかしさを覚えた。

それくらいアリオンが素敵になったと意識してしまう前に、言うことにする。

「でも、どうしてあなたが――」

「捜したよ。十年かかった」

すぐ返ってきた返答に、心臓がぎゅっと痛む。

（きっと、もう忘れているだろうと思ったのに――）

捜されているなんて予想外だった。そう考えている間にも、アリオンとの距離が次第に縮まってくる。

ジゼルは、彼のその表情が今にも怒りに変わるのではないかと想像して、ついあとずさった。

「お願いだから、逃げないでくれないかな」

不意に、彼の声がひやりと聞こえて身体が固まった。

「協力を依頼した彼らや、屋敷の者達にも安全であることは伝えてあるけど――君に拒絶されたら、僕は何をするか分からない」

あの頃も、アリオンの感情の起伏や行動は極端なところがあった。

ジゼルは緊張の思いで踏み止まる。するとアリオンが、その目にまた満足げで落ち着いた笑みを戻してくれた。

（……どうして十年も、私も追っていたの？）

そう思ったものの、当時はなんとなくの感覚でしかなかった『もしかしたら』という推測が浮かんで、ジゼルは警戒した。

そんな彼女と悠々距離を詰め、アリオンが白髪化した髪をすくいとった。長い男の指が髪を絡め取る様子は、なんだか彼女の緊張を煽《あお》った。

「きちんとした引き取り手のもとで、幸せに過ごせたようで良かったよ」

把握されていることに心臓がばっくんとはねた。

「デュメネ子爵家だってね。事業も安定していて、子に苦労させることはない環境――僕のもとから離れている間、ジゼリーヌ・デュメネとしてそこで過ごしたんだろう？」

ジゼルの頬を、アリオンがするりと撫でた。

彼の手は、相変わらずひんやりしている。一瞬身構えてしまったものの、彼の眼差《まなざ》しが引き続き穏やかなことを見てジゼルは困惑する。

「……怒って、ないの？」

「どうして？　君が出会った頃みたいに苦労し続けている人生だったら、君に汗を流させた奴《やつ》らをみんな殺しているけど。そうではないからね」

口調は怖いくらい優しいが、彼の極端な性格が滲んだ台詞《セリフ》が交じっているのを聞いて、身体が硬直した。

アリオンはジゼルの手も取って、じっくり見てくる。

「ああ、爪《つめ》も綺麗にされているね。世話をする侍女の腕もいい。安心だ」

言いながら、彼は指の先まで一つずつ見ていく。

出ていく少し前に感じていた可能性が、現実味を増してじわじわと足元から込み上げてきた。

そんなことはないはずだと信じたい。あれは、幼い頃の話だ。

「あ、あの、手まで見る必要はないでしょう……？」

ジゼルは、変な空気になる前にと思って手を引っ込めた。

一瞬きょとんとしたアリオンは、嫌な顔一つせず、にこっと笑った。

「うん、綺麗にされていて安心した」

彼が何を考えているのか分からない。

いや、昔から自分の所有物みたいに、ジゼルの件には過剰に反応してあらゆることに口を出してきたのは覚えていた。

服も、おやつも、それから寝ることについても彼は徹底した。

使用人みたいに扱うんじゃないと時には客人にさえ怒り、使用人には厳しい言葉ですぐさま修正するよう命じもした。

「でも、まさかジゼリーヌという名前になっているとは予想していなかったな。捜すのに今までかかってしまった」

アリオンが詰めてきた。今にも身体が触れそうになって、ジゼルは先程制止されていたにもかかわらずあとずさりしてしまう。

「ど、どうして分かったの?」

「親しい〝知人〟が教えてくれてね」

相変わらずだ。彼は、どんなに親しくしてくる相手も〝友人〟とは呼ばなかった。

その時、ジゼルは背中が扉にあたった。

(あ、しまった。後退したら壁――)

ハッと肩越しに見た時、そこに強くアリオンの手がつけられた。

びっくりした身体が固まる。するとジゼルの顔の近くまで、彼の唇が寄せられた。

「――ねぇ、どうして僕のもとからいなくなったの?」

ひんやりとした声が聞こえて思考がフリーズする。上から覗き込んでくる気配に、ジゼルは目を向けられない。

(まずい、やっぱり彼はまだ執着しているんだ)

だらだらと冷や汗をかきながら、彼女は当時を思い返した。

◆

今から約十二年前に、ジゼルはアリオンと出会った。

アリオンは、そばからジゼルを離したくないみたいに一緒にいたがった。寝室にもう一つベッドを置き、そこで彼女を寝かせるほどだった。

食事のことや着る服も、彼が率先して動いた。

彼の両親も屋敷の者達も、初めて友人ができた子供みたいに見えたようだった。ジゼルにとってもアリオンは特別な友達になっていた。

『ねぇ、僕が大人になるまでここにいてよ。どこへも行かないで、成長変化が終わる瞬間には、必ず隣にいて』

それが並々ならぬ執着だと気付いたのは、ジゼルが屋敷の人達と仲良くなると、彼が彼女を抱き締めて同じベッドで寝るようになったことだった。

『僕と一番仲良くして。他の特別な人は作らないで、僕は君がいればそれでいい』

彼は跡取りとして多くの人達と付き合っていかなくてはならない。

初めての友達である庶民のジゼルに固執するのは、彼のためにならないと思った。彼の家族も困るだろう。

(私が、アリオンの交友を阻んでいるんじゃ……)

ジゼルも伯爵家で彼と一緒に学んでいたから、貴族同士の付き合いや交流が大切なことはなんとなく理解し始めていたところだった。

一人に固執するような彼の執着に悩んだ時、〝彼女達〟とのとある出来事が起こったのだ。

『聞きまして？　アリオン様は毎日〝例の子供の家庭教師〟のことばかりらしいですわ』

『どこの親の子とも知れない小汚い娘なのでしょう？　そんな子がアリオン様を独《ひと》り占めして、なんて傲慢なのかしら』

それは、よく屋敷に通っていた人族貴族の令嬢達だ。

親に頼んで、アリオンの両親の茶会にお呼ばれしていた。それは少々失礼なことで、執事長は非歓迎的だった。

『婚約したいから名前をまずは知って欲しいと乗り込むなんて、獣人貴族はしません。獣人族の婚姻に対する〝礼儀〟なども理解していない人族の幼い子供ですから、仕方のないことではありますが……だから旦那様達もおおめに見ているのでしょう』

茶会にお呼ばれしたい彼女達の目的は、もちろん嫡男のアリオンだ。

伯爵家の嫡男である彼と婚約したいと考えて、今から自分の名前を伯爵達に知ってもらいたい考えがあるらしい。

おかげでジゼルは、令嬢達に遠くからよく睨《にら》まれた。

獣人貴族の婚姻は、あくまで当人同士の相性や本人の気持ちを尊重する習慣だ。人族貴族とはそこが違うのだ、とジゼルも教えてもらった。

アリオンの父であるエルバイパー伯爵は、娘達がどうしても、と理由に出されたら断るのも可哀《かわい》そうだと苦笑していた。けれどジゼルは、この家にとって重要な人物だから下手《へた》に断れないのだろうと受け取った。

エルバイパー伯爵が『おおめに見て』招いて欲しいという希望を聞いてあげていたのは、人族貴族アルルベンナット伯爵と傘下の貴族達だ。

アルルベンナット伯爵がエルバイパー伯爵と同等のように接し、偉い貴族達をぞろぞろ引き連れている姿を、孤児で子供のジゼルは怖いと思った。

屋敷に通っていた令嬢達を率いていたのは、その娘の伯爵令嬢だ。

『ご交友を邪魔してアリオン様を独占して、彼の将来を潰したいのかしらね？』

ある日、頼まれ事をされて庭園のそばを通った時に、いつも通りジゼルがいることを知って彼女が聞こえるように言ってきた言葉。

いつもの嫌味と違って、それは悩んでいたジゼルの胸に深く突き刺さった。

（私のせいで、アリオンがだめになる……？）

懸念していた執着への悪い予感で、心臓がどっどっと嫌な音を立てていた。

ジゼルは彼を支えて、将来彼が良い大人になるために家庭教師を頑張りたいという夢を抱いていた。でもそばにいることがアリオンにとって良くないのか――。

『どうしたの？』

その時、声がしてどきりとした。

振り返ると、すぐそこにアリオンが来ていた。遅いと思って迎えに来たのだろう。

『う、ううん、なんでもない』

アリオンが『ふうん』と言うと、ジゼルの手を取って歩き出した。

『さ、いこっか』

彼が可愛い男の子みたいに笑った。けれどルビーみたいに美しい彼の赤い獣目は金の虹彩まで艶やかで、蛇みたいにねっとりと何かが絡みついてくる気がした。

『……うん』

アリオンにとって同年齢の友人枠だ。当たり前の交流だったのに、ジゼルは学ぶ前には感じなかった令嬢達への負い目のようなものを覚えた。

それがなんなのか理解したのは、二年目が過ぎようとしていた時だ。

『本日もアリオン様とは会えませんでしたな。残念です、お忙しいのでしょうな』

『将来を考えれば我々と話している方が有意義だというのに、それを何も分かっていない孤児のせいだろう。家庭教師なら普通はこちらを優先させるものだ。無知で傲慢な子供ほど嫌なものはない』

『こ、これ、アルルベンナット伯爵、あまり大きい声では――』

それはジゼルに対して言った悪態だった。

彼は気付かれないうちにそそくさと通り過ぎようとしたジゼルを、茂み越しにはっきりと睨み付けたのだ。彼女はその怖い目に身体が動かなくなった。

『アリオン・エルバイパーは優秀な才も持ち、蛇獣人系の名門貴族、エルバイパー伯爵家を継ぐ特別な存在だ。であるのにもかかわらず対等の立場と錯覚するなど、実に非常識。そんな人間が家庭教師をする資格はない。ただ彼の人生の邪魔になるだけだ。そんな相手がもし付き人にでもなろうものなら私達を敵に回すぞ』

九歳のジゼルにはとても怖いことだった。去っていくせっかちな足音を聞きながら震えあがった。

アルルベンナット伯爵の言い方は容赦がなかったが、確かにその通りだった。

彼女は、アリオンと自分の間にはとても高い壁があるのだと理解した。ジゼルはただの孤児で、彼とは友達みたいに接せない。

(私が、伯爵令息としての彼にしてあげられることは何もない……)

初めてできた友達に対するアリオンの執着は、アルルベンナット伯爵の娘が言っていたように次期伯爵としての彼の将来を潰しかねない。

彼の将来をだめになんてできない。

その執着を終わらせるためにも、ジゼルは家庭教師を辞めることにした。

当月にもらっていた給料と与えられたものを返し『さよなら』『出ていきます』『ありがとう』と書いた手紙を置いて屋敷を出ていったのだった。

◆

だというのに、まさかアリオンがあれからずっと捜し続けていたとは思わなかった。

ジゼルは、壁に手をついて逃げ場を奪ったアリオンににっこりと笑いかけられて、ひゅっと背筋が冷えた。

「会いたかったよ。どうして逃げたの？」

「いや、逃げたのではなく、私は辞めたのであって……ひぇっ」

ずいっと美麗な顔を寄せられて、言葉が詰まった。

大人になったアリオンは、あの頃と違いすぎて魅力が溢《あふ》れた男性になっていた。あまりの美《び》貌《ぼう》に目がちかちかする。

「ねぇ、誰が君を辞めさせたのか言える？」

アリオンの金色の虹彩も美しい獣目の瞳孔が、ひんやりと開く。

名前を言ったら殺しにかかるんじゃないか、という想像がジゼルの脳裏を過《よ》ぎった。それに彼のためだったなんて、本人に言えるはずもない。

「わ、私は自分の意志で辞めたのよ。アリオンが年頃になるのに、同じ年齢で家庭教師というのもあなたには悪いかもと思って」

「ふうん、分かった」

あっさり彼が納得してくれて驚く。

「まぁ、どちらにせよ人族貴族の令嬢達も悩んだきっかけだろう？」

「え」

「ふふ、それは正解だったみたいだね。『これまで来たことがある令嬢は誰一人として入れるな』と、君が出ていった日に命じたんだ」

「あ、あの、縁談先を探すことを考えると、ご両親が困るのでは……」

「困っていたね。でも、関係ないよ」

アリオンが顔をさらに近付けてきて、ジゼルは首を引っ込めた。

「君がそばにいるのがだめだなんていう令嬢達が悪い。まるで、そばに置いた僕の判断が悪いみたいな言いようじゃないか」

それが気にくわなかったんだろうか、とジゼルは想像する。

けれど、肩から強張《こわば》りは抜けない。いよいよ、そわそわしてしまう。

「……え、と。怒ってはいないみたいだし、復讐《ふくしゅう》、ではないのよね？　なら、どうして私を捜したの？」

「ふふ、理由の一つくらいなら思い当たることがあるんじゃないの？」

アリオンの獣目が、近くであの頃と同じように甘く細められる。強い色気で、ジゼルはつい気圧《けお》される。

ここではっきりしておかないといけない。けれど、知りたくないとも思って言葉が出てこなくなってしまった。

あの頃、彼女が解決しなければならないと懸念していたこと――。

すると、そんなジゼルの白髪のラインが入った髪をすくい取り、アリオンが唇に寄せながら言う。

「そんなこと決まってるよ。君を、僕のモノにするため」

彼がちゅっと音を立てて髪にキスをした。

どこでそんなことを覚えてきたのか。ジゼルは、彼が所有物の方の『モノ』を言っているのだと確信して固まった。

（まずい。やっぱり、あの頃の執着だわ）

先程も彼は、汗を流させた人を殺すとかなんとか恐ろしいことを口走っていた。

幼い頃、ジゼルをそばに置いていた時と同じだ。

彼はジゼルの〝生徒〟で、幼馴染《おさななじみ》で、大切な教え子だった。でも彼にとっては、他の誰にも構わせないでと独占欲を剥《む》き出しにする子供心の固執だった。

一時の好奇心でそばに置いているだけ。いずれ飽きるだろうと、ジゼルも当時の屋敷の人達も思っていたのに。

(離れたのに、少しも薄れてくれなかったの?)

そう思った時だった。アリオンの声が耳に聞こえた。

「それじゃあ、早速噛《か》んで求婚痣《あざ》を付けようか?」

「え」

ジゼルは思考が硬直した。聞き間違いかと思って驚きに顔を上げたら、アリオンが微笑《ほほえ》みかけてくる。

「あれ? ジゼルは知らないの? 獣人族は結婚するために、まずは求婚痣を付けて婚約を取り付けるんだよ」

「け、結婚?」

「そう。結婚だよ。そうすればずっと一緒にいられるよね」

何か問題でもあるの? とアリオンがにっこりと笑う。

問題大ありだ。どこからどうツッコミしていいのか分からなくて、ジゼルは頭がくらくらしてきた。

彼は、見事なくらいあの頃と変わってない。

つまり今も彼は、当時と同じくそばに置きたいだけなのだ。

「待って、ちょっと待ってちょうだい。私は結婚なんて今言われたばかりだし、応じるとも答えていないわ。そもそも獣人族の仮婚約をするための求婚痣は、結婚を強制するためのものじゃないのよ？」

するとアリオンが、きょとんとした優しい笑顔で首を傾げる。

（……もしかして、私が言っていること本気で分かってない？）

獣人族の仮婚約は、あくまで婚約者候補だ。

結婚してもいいと思える相手を絞り込む第一の婚姻活動。そこから交流を深めて、本婚約、人族貴族でいうところの婚約へ進むかどうかを判断する。

基本的に、獣人貴族は結婚までは慎重だ、という印象をジゼルは持っていた。

（婚姻活動については学ばされているはずだし、仮婚約においての求婚痣の定義付けだって、アリオンが理解していないはずがないのだけれど――）

いや、もしかしたら興味がなさすぎて理解していないかもしれない。

ジゼルは、不意にアリオンに抱き上げられて慌てた。

「ちょ、ちょっと！」

まさかと思っている間にも、そのまま近くのソファに運ばれて押し倒された。アリオンが上にまたがってきた。

確実に、理解していないかも。

（こ、これは……）

恐々と身を竦《すく》めながら、ジゼルはたまらず確認する。

「ア、アリオン？　いったい何をするつもりなのかしら……？」

「ふふ、分かっている癖に」

アリオンが、指をくいっと入れてネクタイをひっぱって緩める。

「さて。本婚約するためには、まずは仮婚約する必要がある。その第一段階が、求婚痣を刻むことだ――早速しようか？」

ほどかれた襟《えり》から男性的な喉や鎖骨が見えて、ジゼルは気圧される。

そもそも、ただの仮婚約で襟元を楽にする必要があるのか。そばに置くためだけに、わざわざ結婚するという彼の極端な発想にも慄《おのの》く。

「ちょっと待ってっ、結婚は好きな人とするものなのよ!?」

「ジゼルのこと好きだよ？」

たぶん、それは飼い猫に対する独占的な「好き」なのではないだろうか。十年経《た》って大人になった今も、彼の中には子供だった頃の執着が残っているのだ。

そばにおく理由を付けるなら、他にも色々あるはず。

それなのに、一生に一度の大事な結婚をするとか、彼はアホなのだろうか。

「結婚までの仮婚約だとか本婚約だとか、わずらわしいよね」

「わ、わずらわしい？　獣人族にとっては本能からくる大切な婚姻習慣だと私は教えられたわよっ？」

「それは『多くの獣人族』の間違いじゃない？　僕はルールとかどうでもいいから、既成事実を作ってしまった方が早いと思っているんだけど。まぁ、父も母も止めるから」

（それは止めるわよ！）

なんて危ない。

ひとまずその面の危険はないらしいが、ジゼルは彼に結婚云々の教育をした家庭教師を呼び出して、教え方が間違ってます！　と言ってやりたくなった。

するとアリオンが、不意に嬉しそうに破顔した。

「ああ、ジゼルだ。本当に目の前にいる」

「そ、それはそうよ。あなたにここまで運ばれたばかりじゃない」

彼の心底嬉しそうな表情を見たのは初めてで、なんだか胸のあたりがむずむずした。つい目をそらしたら、アリオンがそっと頬を撫でて視線を戻させる。

「大人になったね、綺麗だよ」

「そ、それは、ありがとう……？」

「ふふっ、信じてないね。昔もそうだった」

ジゼルはこんなやりとりに覚えがなく、昔？　と思う。

「ねぇジゼル、僕は君を逃がす気はないよ。――諦《あきら》めて僕のお嫁さんになって？」

こんな仮婚約のプロポーズ、聞いたことがない。

彼は間違っている。アリオンはあの頃から続く固執で、家庭教師でもなくなってしまったジゼルを、結婚を理由にそばに置こうとしている。

結婚は、興味がなくなったからやっぱり離婚で、とできるものではない。

けれど今まで異性にアプローチ一つされたことがないジゼルは、急に甘い微笑みで『お嫁さんになって』なんて言われたら――。

「……ア、アリオン。ほんと、だめだから」

かぁっと顔が赤くなってしまって、ジゼルは手の甲をあてて鼻から下を隠す。

(私のばかっ、何意識しちゃってるのよーっ！)

あんなに可愛い教え子だったアリオンが、文句一つ付けられない魅力的な男性になっているのが悪い。

ガツンと言ってやらなければならない場面なのに、こんな時に限って弱々しい女の子みたいな声が出てしまった。異性を意識して恥じらったことは筒抜けで、アリオンの目に愉快そうな輝きが宿った。

「ジゼル、大人になった僕に興味があるの？」

「そ、そんなことないわよ」

「嘘だね、それなら僕のこと、平気で見つめ返して言い負かそうとくらいはしてくるのに。もしかしたらと思っていたけど、どきどきしているみたいだね？」

随分楽しそうな声が、悔しい。

だが、するりと顎《あご》に触れられてどきっとした。そのまま視線を戻されたジゼルは、すぐそこまで彼に顔を寄せられていて息を呑《の》んだ。

「ね、早速匂いを嗅《か》いでもいい？」

「は……？」

「それから、自分の舌で〝味見〟もしてみないとね」

そう言うなり、アリオンがジゼルの首をぺろっと舐《な》めた。

「ひゃっ、な、何してるのっ」

「噛むためだよ。いちおう、少しは慣らしてあげようかなと思って」

「慣らしって何!?　そんなのが必要なの!?」

「必要だよ。痛がる君を見たい気持ちもあるから、どうしようかとまだ悩んではいる」

「いちおう!?　このっ、鬼畜！」

なんてことだ。

彼は別れも告げずに出ていったことを、やはり怒っているのだろう。男性に組み敷かれている状況も初めてのジゼルは、けれど彼のためにも回避しなければと思って、もう半ばパニックになって彼の胸板を押し返した。

「あ、あの、本当にごめんなさいっ。急に出ていって……そのっ、怒っているのは分かるけど噛むのはやめてっ。ほんと、冗談じゃすまなくなるから」

噛まれて求婚痣ができたら、仮婚約者として登録されてしまう。

そんなことになったら、本婚約という結婚まで現実的なルートができる。

(そもそも獣人族の礼儀はどうしたのよっ)

そう言いたかったけれど、目の前のアリオンが舌なめずりをしたのを見て、「ひぇ」と悪寒《おかん》が走った。

「――へぇ。どうして僕がやめなくちゃいけないの？　大人なら、欲しい子を噛んじゃってもいいんでしょう？」

いいえ、合意なく噛むなんて聞いたことがありません。

いったい彼にそれを教育したのはどの家庭教師だ。目の前の彼がジゼルのそんな一般常識を聞き入れてくれるとは思えなくて大変困った。

仮婚約は小さく噛むはずだが、今の彼がそうしてくれるとは考えにくいし。

「……わ、私のことが好きなら、やめるかなぁって？」

大変困った末、ジゼルは頬をひくつかせてそう言った。

「好きだからこそ、こんなものでも鎖になるのなら、僕は君を噛むよ」

「求婚痣を、こんなものって……」

「だって僕は、君が僕から離れないようにできるのならなんだっていいんだ。そうする必要があるのなら、僕は何度だって君を噛んであげる」

相変わらず、ちょっと病んでいる。

ジゼルは震え上がった。令嬢友達が手の甲に求婚痣を付けた時、少し痛かった、と言っていたので絶対に痛いはず。

「わ、私、痛いのはちょっと――」

すると不意に彼が、ずいっと顔を寄せてきた。

「ごめんね、時間切れ。もう我慢できそうにないや。他に触るのは待ってあげるから、慣らしなしで噛むね」

「え……？」

アリオンが体重をかけてのしかかってきた。指を絡めて手を握られ、ソファに押し付けられて――。

直後、襟を引き下げられて肩に噛み付かれた。

「かっ……は……っ」

あまりの激痛と苦しさに、息が詰まる。

この鬼畜、と思うくらい一気に歯が食い込んできた。ジゼルが痛みで彼の手を強く握ったら、アリオンが嬉しそうに握り返してくる。

(人が苦しんでいるのに、なんで楽しそうなのよっ)

痛くて、死んでしまいそうだ。

アリオンは執拗《しつよう》に歯を食い込ませたまま放さない。苦しさに身悶《みもだ》えする身体を、彼が足を絡めて押さえ付けてくる。

たまらず身じろぎしたら、歯が余計に食い込んできた。

「ひぅっ」

びくんっと身体がはね、彼の身体に胸を押し付けるみたいに背がそった。

「いいね」

噛み付いたまま、アリオンがそう言った。その声が肌にダイレクトに伝わって、どくどくとする痛みに加わる。

「ア、リオ、ン……っ」

「もっと僕の名前呼んでよ、すごく興奮する」

この鬼畜、とジゼルは苦しい中で思った。

けれど続く痛みに限界がきて、手を握っていられなくなる。

「好きだよ、ジゼル」

抵抗力がなくなったジゼルから手をほどき、アリオンが片手で身体をなぞってくる。

どこ触ってんのよと思うものの、その手は優しかった。徐々に痛みとは別の、ぞくぞくとする快感と共に彼の歯の押し込む力も抜けていく。

「あ……っ、あ」

「気持ちいいね、ジゼル」

軽く噛み付いたまま、身体を丁寧に撫でられる。

のしかかられているせいか、まるで抱き締められているみたいだと感じた。幼い頃、抱き締めて眠った彼の体温がジゼルの脳裏に蘇る。

ずるりと牙が抜けていく。

その際に、ぞくぞくとした感覚が背を走り抜けた。気をよくしたみたいにアリオンが傷口に舌を這《は》わせる。

「ふふ、あの時も噛みたくてたまらなかったよ」

彼も同じ頃を思い出したのだろうか？

けれど――ジゼルは痛みのあまり意識が遠のき、そこで記憶が途切れた。

二章　とんでもない蛇獣人に執着されたようです

目覚めた時、ジゼルはずきずきという痛みに顔を顰《しか》めた。何が起こったのかすぐ思い出せなくて、痛む肩に手を伸ばした。

「ああ、起き上がらない方がいいよ」

のんびりとした老人の声が聞こえた。

そんなこと言われなくても、起き上がるなんて到底無理だ。そう思いながら痛む肩へ触れて、ナイトドレスの下に大きな包帯が巻かれていると気付く。

（そうか。私、噛《か》まれて……）

アリオンに噛みつかれたのは覚えている。それから、ようやく歯を抜いてもらったところで彼女は気絶してしまったのだ。

「体調はどう？　まぁ、全然よくないだろうけれど」

痛みの波が引いてようやく、ジゼルは声がした方に目を向けてみた。

そこには、彼女を覗《のぞ》き込んでいる長身の老医がいた。

（あ……獣人族だわ）

その目を見て分かった。彼らは、獣みたいな瞳《ひとみ》をしているので人族との区別がつきやすい。

それから――なぜ獣人族の医者が来ているのかも、ジゼルは理解した。

「僕はレイ。お察しの通り、獣人族の医者だよ」

彼が困ったように笑って、簡単な自己紹介をした。

（一回目の求婚痣《あざ》は――仮婚約）

獣人族の医者は、求婚痣を確認して申請する立場にある。ジゼルは、アリオンの仮婚約者になってしまったのだろう。

獣人族の婚姻習慣で、まずは婚約者の候補を立てるもの。

それから交流を深めて結婚する相手を定めていく――のが、本来の仮婚約の意味であるはずなのだが、アリオンはそばに置く理由付けで噛んだ。

（仮婚約、しちゃったのね……）

ジゼルは思わず大きく息を吐き出した。仮婚約にしては重傷な肩を診察していたためか、レイも同感だと言わんばかりに溜息《ためいき》をもらした。

「今日は起きられないよ。まったく、礼儀も作法もあったもんじゃない。慣らしもなく、本婚約をするための求婚痣をがっつり刻んでくれたからね」

声や表情からも、呆《あき》れ返っているのが伝わってきた。

仮婚約にしてはガッツリ噛むのはおかしいのではないかとジゼルも思っていたが、本婚約並みのものだったようだ。

(ほんと、アリオンにとって〝求愛〟の作法ではなかったわけね)

だから老医も呆れているのだろう。

「いや、通常の本婚約にしても〝噛み過ぎ〟だ」

言いながら、レイの非難の眼差《まなざ》しが後ろへ向けられた。

そこにはアリオンの姿があった。窓辺に寄りかかって眺めていた彼が、レイに見つめられると眼鏡《めがね》を掛け直しながらにっこりと笑い返した。

反省の色もなし、といったところだ。

愛想よく笑うと不思議と可愛《かわい》らしい印象を覚えるのは、ジゼルが彼の幼い頃《ころ》を知っているせいだろうか。鬼畜で極端という本性を誤魔化《ごまか》されそうになる。

「……というか、あなた眼鏡になったの？」

「おはよう。それが第一声なの？　ふふっ、面白いね」

くすくすアリオンが笑う。

つい昨日まで思い返していた幼い教え子だった彼が、急に大人《おとな》になって目の前にいる。それでいて眼鏡をかけている、というのもジゼルには違和感があった。

いや、正確に言えば困っている。

(眼鏡もよく似合うわね……)

大人の男性になった彼は、眼鏡だって誰《だれ》よりも着けこなしているように感じた。

「まだ不思議？　僕は視界よりも温度での探知を得意とする獣人族だからね。仕事の時にはかけているよ」

「そう、なんだ……」

仕事、と聞いてジゼルは彼が立派な職についていることを知った。

家庭教師をしていたあの頃、大人になった彼はそうなっているだろうと想像していた。そうなるまで彼を支えたいと思っていた。

でも、見守ることも、見届けることもできなかった。

寂しさと、そして後ろめたさ。痛みを与えられて当然だろうという気がして何も言えないでいると、レイが溜息交じりに補足する。

「彼は毒蛇の一族だ、目は少々悪いだろうね。ところで反省はしているのかい？」

レイが再び睨《にら》むものの、アリオンは答える代わりのように美しく微笑《ほほえ》んだ。

反省はゼロ。無邪気さが滲《にじ》むその美しい笑みは、それ以上の考え事なんてちっとも読めそうにない。

(立ち会っていると言うより、監視、しているのかしら)

仕事中だというのにここにいるのも不思議に思った。昔からアリオンは、個室でジゼルを自分以外の誰かと二人きりにしなかった。

『女の子は僕より成長が早いんだろう？　成長変化がなくとも、子供を残せるようになる』

そう言われたタイミングが思い出せない。

噛まれた場所が熱を持っているのか、少し首を動かしただけなのに、頭も朦朧《もうろう》としてうまく考えられなくなってきた。

思案が霧散した拍子に、レイの声が聞こえた。

「まったく。その笑顔はなんだい、君のせいで彼女は痛がって苦しんでいるんだよ？」

「逃げられないように痛くしたからね」

アリオンがそう答えるのを聞いて、ジゼルは全身から気が抜けるのを感じた。

「鬼畜……」

「それはどうも」

「褒めてないわよ」

呟《つぶや》いただけなのに言葉が返ってきて、憎たらしげに睨む。すると歩み寄りながら微笑むアリオンがいた。

（――ずるい）

そうやって笑うと、許してしまいたくなってくる。

彼はいつだって、ジゼルに優しかったから。

「仕方ないじゃない。僕は、君しかいらないんだもの」

そばまできたアリオンが、ベッドにある彼女の手を取って指先へ口付けた。熱っぽくなっている指先に、彼の唇をしっとりと感じた。

(――まるで、蛇の肌みたいだわ)

近くにある彼の、まだらに黒が混じったような赤い髪を見て、ふとジゼルは十年前の記憶が蘇《よみがえ》った。

彼女が屋敷を出ていった時、まだ彼の肌には、黒いまだら模様が入った赤い蛇肌《へびはだ》があった。日差しも、月光も、きらきらと反射させて綺麗《きれい》だと彼女は思っていた。

ずっと一緒にいられたら、と、出ていく瞬間まで考えていて――。

「この世界が、君と僕だけだったらいいのにと思うよ」

あの頃と変わらない執着っぷりに眩暈《めまい》がした。

離れている時間が解決してくれると思っていたが、彼のことを舐《な》めていた。かえって執着が悪化している気がする。

(ああ、うまく考えられない)

肩がずきずき痛む。頭も痛い。顔を顰めたら、レイから叱《しか》りを受けた。

「今は考え事も禁止。深く噛まれ過ぎたせいで傷の治りが遅いんだ、とにかく一日は絶対に安静だよ」

「でも先生、私お仕事も決まったばかりで」

けれどレイが、そんなジゼルの続く言葉をぴしゃりと遮った。

「まずは眠りなさい。君の身体《からだ》は、休息を必要としている、いいね？」

医者に念を押してそう強く言われてしまったら、従うしかない。

ジゼルは大人しく枕に頭を戻した。ふと、アリオンがにこにこと見ていることに気付く。

「……あなた、嬉《うれ》しそうね？　こっちは痛くて苦しんでいるんだけど？」

「僕が噛んだことで苦しんでいる君には、ぞくぞくするよ」

もう何を言ってもだめだ。そう悟った瞬間に、ジゼルは自分の頭痛と眩暈が増したように感じた。

アリオンが頭を屈《かが》めてきて、彼の白い指が熱を持った頬《ほお》を撫《な》でてきた。

「ジゼル」

名前を呼ぶ甘ったるい声が幼かった彼と重なって——ちゅっと頬にキスをされた。だから、どこでそんなこと覚えたのとジゼルは羞恥《しゅうち》で熱が上がる。

（あ、もうだめ）

次の瞬間、ジゼルはまたしても意識が飛んでいた。

◆

目覚めたら日付も変わっていた。

すぐそこの窓の日差しにつられて目を向けたジゼルは、それを知ってショックを受けた。太陽の強さからすると、朝を少し過ぎている。

「嘘《うそ》でしょ、私の一日があっという間になくなってる……」

それもこれも、容赦なく噛み付いてくれたアリオンのせいだ。

そう思った直後、ジゼルの胸は凪《な》いでいた。こんな再会の仕方をしてしまった彼女に、彼を怒る資格なんてないだろう。

（……アリオンが噛んだのは、私のせい）

幼い頃に、逃げ出す方法しか思いつかなかったから。

でも、聞く耳を持たずジゼルばかり構い続けていた当時の彼に、なんて言って納得させれば良かったのだろうか。

けれど今は、感傷に浸っている場合ではない。

（まずは仕事をするって決めたもの、早く戻らないと）

ジゼルはゆっくり前髪をかき上げた。肩に痛みがなくて安堵《あんど》する。発熱したせいか、身体は汗ばんでいて気持ち悪い。

（風呂を借りたいとお願いして、それから――）

そう彼女が考えていた時だった。

「おはよう」

ジゼルは、隣から髪を撫で上げるのを助けた男の手に気付いた。ハッと目を向けると、すぐ隣に寝そべっているアリオンと目が合った。

ジゼルは思考が停止した。

「もうお昼だよ。お風呂かな、それともごはんが先がいい？　動けないのなら食べさせてあげるよ」

目が合っているというのに、彼は甘く獣目を細めて、引き続き汗ばんだジゼルの髪を撫で梳《す》いている。

彼はシャツにベストを着て、身体をジゼルの方に向けて横になっていた。向こうに見える化粧台の椅子《いす》の背に、ジャケットがかけられている。

――成人男性が隣に寝ている。

ジゼルは、さーっと体温が引いた。慌てて起き上がりシーツを引き寄せると、アリオンから離れて指差した。

「しゅ、淑女の部屋に入ってくる人がいる!?　それからっ、ベッドも禁止！」

「どうして？　仮婚約者だ」

「節度！」

思わず叫んだら、アリオンが楽しそうに赤い目をまた細めた。

「知ってるよ。節度は守って、君の身体には何もしていない」

「そういうことじゃないの、私達はもう大人で――」

「それにね、起床後一番に他《ほか》の人が君の寝起きを見ると思ったら、耐えられなくて。その人を殺してしまうかもしれないし」

可愛らしく言っているが、アリオンの笑った獣目は本気だった。

（ああ、この人は、まったく）

昔と同じ執着っぷりで頭が痛い。彼が自分のベッドでジゼルを眠らせるようになったのも、今とまったく同じ理由だった。

「まだ痛むのならベッドから下りるのも手伝ってあげるよ」

「必要ないわ。もう痛くないし、自分で起きられるから」

拾われた猫と違うのだ。自分のことは自分でできる。

ジゼルは他人に見せるものではないナイトドレスにシーツを巻くと、それを胸元で押さえていない方の手を動かした。

「ほら、先に下りてちょうだい」

「どうしようかな」

「仕事をしていると言っていたでしょう？　こんなところにいて平気なの？」

「問題ないよ」

ようやくアリオンがベッドから下りてくれる。振り返ってきた彼の顔が二割増しでうきうきしていて、ジゼルは嫌になる。

「ところで、すぐにしたいのは湯浴みかな？」

「え？　あ、そう。実は借りたくて――」

「手伝おうか？」

アリオンのきらきらと輝く笑顔に、ジゼルは直前までの楽しそうな理由を悟った。世話をされている光景を想像して真っ赤になる。

「あ、あなたにさせるわけないでしょう!?　もう大人よっ、昔だって断固阻止したのに。体調は本当にもう平気なの、自分で汗くらい流せるからっ」

ムキになって言ったら、アリオンはあっさり引き下がる。

「そう。なら、お湯だけ先に準備しておくね」

ただの冗談だったのだろうか。彼は扉の方へ足を向けると、途中で化粧台に置かれていた眼鏡をかけた。

ほっとしたジゼルは、ハタとして彼の背に声を投げた。

「あ、待って！　湯浴みもできるということは、ここはあなたの屋敷なの？　仕事場から抜けてきているんだったら湯の準備くらい私が自分でするわ」

「仕事場は〝ここ〟だよ。住居と建物同士が繋《つな》がってる」

一瞬、なんだろうそれ、と思った。

「来る時に見えなかった?」

「え?」

「ここは裏側に隣接している住居側で、正面に大きな建物が見えたはずだけど」

そういえばと思い出して窓の方へ目を向けてみると、そこには覚えのある鬱蒼《うっそう》とした濃い緑の森が広がっていた。

(後ろに見えた建物が、仕事場だったの……?)

改めてまじまじと見てみても、アリオンは伯爵家の嫡男の外出用の正装、という感じではなく仕事着だ。

「まだ信じられない?」

「だって、その……住居込みの職場だとすると、家には帰ってないってことよね? ご両親を心配させてない?」

彼は伯爵家の跡取りだ。自分が出ていったせいで疎遠になっている可能性が浮かんで、ジゼルは心配になった。

すると彼が、安心させるように笑った。

「父と母のことも心配してくれてありがとう。大丈夫だよ、爵位を継ぐまでの間という条件で好きにやらせてもらってる」

彼の性格からすると、彼の方から一方的に言ったのでは、という想像がジゼルの脳裏に浮かんだ。

その時、アリオンがにっこりと笑いかけてきた。

けれどすぐには何も言わなくて、ひたすらじっくり観察されているのを感じ、ジゼルはなんだか妙な緊張を覚えて咄嗟《とっさ》にシーツを胸元にかき抱く。

「うーん――予定変更」

直後、ぷつりと何かが切れるような音がして、アリオンがつかつかと戻ってきた。

いったいなんだろうと思っていると、彼がそのままベッドに乗ってきてジゼルは慌てた。

「な、何なにっ。待って、それ以上進んでこないでっ」

「待たない」

あっさりと抵抗をねじ伏せられ、押し倒されて再びベッドに背が沈んだ。

ジゼルは、組み敷かれていることにカッと頬が熱くなった。これでもかというくらいシーツで身を庇《かば》う。

大人になった彼はとても男性的で、綺麗すぎて慣れない。

「な、何する気よっ」

「君が目の前にいるのに、構うのを我慢できるはずがないよね」

「何その言い分!?」

アリオンが素早く顔を近付けた。ジゼルはシーツを盾にしようとしたが、彼が掴《つか》んで止めた。

「だって、大人になった僕のことを君が気にしてくれているんだもの」

見透《みす》かされている。そのことでも、ジゼルは顔に熱が上がった。

「そ、それは、その……ひゃっ」

アリオンがジゼルの顎《あご》をぺろっと舐めた。

「──ふふっ、いやらしい汗の味がする」

これは、まずい。

目の前で唇をぺろりとしたアリオンに、ジゼルは慄《おのの》く。大人になった彼の好奇心の矛先は意味不明だし、対策方法がまるで分からない。

「そう。そのまま大人しくしておいで」

「ひゃっ」

今度は肩口に頭を埋めて、彼が首に唇をつけた。

柔らかな感触に肩がはねた。ねっとりと舐められて背が震え、ジゼルはシーツをぎゅぅっと握り締めた。

「だ、め、離れて……ン」

「嫌だ。君も大人になった、僕も大人になった。僕がいない間に成長した君を、隅々まで見てみないと」

(どうしてそうなるの!?)

確認したいがために、彼はのしかかったのか。

「待って待って、隅々見るのは絶対だめっ」

首筋を軽く吸われたジゼルは、掴まれている手に力を入れ、足をばたばたさせた。

「メイドが着替えさせるのを我慢したんだよ。起きてからなら、確認を取って見るのはいいだろう?」

「良くない！　血の繋がっている兄でも年頃の妹の裸は見ないわよ!?」

「大丈夫、見るだけだよ。まぁ、ちょっと舐めちゃうかもしれないけど」

言いながら、アリオンがジゼルの片足を掴んで持ち上げた。

(どこを舐めると!?)

ジゼルは思わず悲鳴を上げた。

その時、どこからか猛ダッシュの足音が近付いてきた。突然扉が力いっぱい押し開かれ、ジゼルはびっくりする。

「ジゼルさん無事ですか！　うわあぁぁあぁぁああ!?　アリオン様っ、ぶ・れ・い・を・承・知・で・失礼します！」

騒がしい声が勝手に一人で続いたかと思ったら、次の瞬間、ジゼルの眼前で白衣を着た男性がアリオンに体当たりし、一緒にベッドの外へと飛んでいった。

「な、なんなの!?」

ジゼルはナイトドレスとシーツを慌てて太腿《ふともも》まで下げた。続いてベッドの横を覗き込んでみると、アリオンの上に青年が倒れ込んでいる。

「ネイト、死にたいのかな」

踏み潰《つぶ》されていたアリオンが、前髪をかき上げて極寒の眼差しを向けた。

「し、死にたくはないですけどっ、これは絶対止めた方がいいと僕の勘が働きました！　あなたの家に社会的に抹消されるのもごめんです！」

ネイトと呼ばれた青年は泣き顔だった。彼の瞳もまた、獣人族の〝獣目〟だ。紳士服の上から白衣という恰好《かっこう》は仕事着に思える。

（すごい早口だったわ……）

ジゼルは、アリオンが返事を最後まで聞いてしまうほどの早口に感心した。

「あの……あなたはアリオンの同僚ですか？」

「あっ、申し遅れました！」

彼はアリオンを素早く助け起こすと、やや逆立った短い髪を揺らして直立し、ジゼルに向かって敬礼姿勢で言う。

「アリオン様の下僕ことっ、彼のエルバイパー伯爵家の派閥の中でも下の貴族のせいで『付き人としてどうぞ』と自分の両親に売られた鳥種、スパロー子爵家の三男、ネイトです！　そのせいで就職先も同じですっ！」

自己紹介だけなのに、聞いていて悲しくなった。

（よく喋《しゃべ》る感じは、確かに鳥っぽい）

そんな感想をジゼルが抱いていると、アリオンが唐突に彼の頭を鷲掴《わしづか》みにした。

「誰がジゼルと話していいと許可した？」

「痛い痛いっ、ちょっ、落ち着きましょうよ！　彼女、ここのことまだよく分からないって顔してますよっ？　可哀《かわい》そうです！　まずはっ、説明を先にすべきでは！」

「いっちょ前に主張するね」

「僕の鳥の勘は働きますからね！　アリオン様すごく喜んでいるんだろうなぁと思って気を利かせて待っていましたが、なぜか悲鳴が上がって、ほんと僕生きた心地がしなかっ――」

べらべら喋っている彼を眺めているアリオンの目が、すぅっと冷気を帯びる。

直後、室内にネイトの悲鳴が響き渡った。

なんやかんやでアリオンも心は許しているみたいだ。えげつない締め技をかけてはいるけれど……半殺しではないので大丈夫だ。

「ところで、一つ聞いてもいいかしら？」

「この状況で⁉　慣れてらっしゃるっ、さすが！」

アリオンが止まり、ネイトも絞め技をかけられながら同じく見てきた。

「アリオンからは住居込みのような仕事場だと聞いたのだけれど、いったいなんの仕事をしているの？」

「やっぱり説明していなかったんですねぇ……申し遅れてすみません、ここは国家機関の重要機密物管理局になります。そして彼が、その局長です」

手を離して「湯を溜《た》めてくる」と告げたアリオンの後ろ姿に、ネイトがげほごほしながら指を差した。

「……国家機関？　その局長？」

それは、ジゼルがまったく予期していなかった大人になった彼の職業だった。

重要機密物管理局は、元は機密情報書類の保管と運搬を専門にしていた『管理局』という名の国家機関だったらしい。

一世代前、そこに〝重要物〟の保護と保管も加わった。

「文化財産となる貴重で特殊な品々も扱うようになったのです」

そう説明してくれたのは、湯浴みから着替えまで付いていてくれた屋敷の侍女長だ。

アリオンについては、ネイトが必死で連れ出してくれて助かった。おかげで話もスムーズに聞けている。

『あなた様にボイコットされると大変なんです！　僕、ここでも付き人認識なんですよ!?　局の職員なのに、まさに最下層！　あなた様を動かせないと、羽をむしられるほどの袋叩《ふくろだた》きに遭うこと必至っ！』

ネイトはよく喋る。先程アリオンを引っ張っていった彼の台詞《セリフ》は悲しい。彼は去り際に『あとでまた来ますから！』と元気よく言ってくれていた。

疑問だったのは、彼の『羽をむしられる』という表現だ。鳥獣人特有の感覚なのかどうか、尋ねるタイミングはもちろんなかった。

ジゼルは、仕事側の建物へ案内してくれる侍女長と歩きながら廊下の窓を見た。

そこには茂った濃い緑の葉があった。遠く向こうに、町影が見える。

「周囲を取り囲む森一帯が、重要機密物管理局の敷地になります。わたくしは屋敷側で、仕事関係なのかプライベートなのか、届いた手紙や書類の仕分けも担当しております。あとは当家の執事、ベンザムが目を通して正確に仕分けます。スケジュールも彼が」

あとでご挨拶《あいさつ》できるかと思います、と侍女長は言った。

「仕事場と建物が繋がっておりますから、わたくし達の方で線引きをしないと旦那様はお屋敷の中まで職場と化します。ですので所員の皆様には常々、個人住居宅であることは口酸っぱく、何度も説明しています」

後半の言い方は力強かった。よほど仕事とプライベートが混雑してしまう立場にアリオンはいるらしい。

（そっか。休む部屋に仕事を持ち込んでしまうくらい、彼はちゃんと仕事しているのね……）

とてもできる人だったので、社会に出てとても貢献しているだろうとはジゼルも遠い地から思いをはせていた。

アリオンは十九歳という若さで、国家機関の局長という責任ある立場で働いていた。跡取りという立場に甘んじず嫡男の身で国家に貢献している。

(彼は、立派になったんだわ)

ジゼルは職場への出入り口の道順を説明する侍女長の声を聞きながら、新品のスカートをきゅっと握った。

アリオンはもう、ジゼルがいなくてもやっていける。

彼は、その理由がなくなってしまったから求婚痣を付けた。

(——でも、こんなものがなくったって)

襟《えり》のギリギリで隠れている求婚痣を、服の上から無意識に手で撫でる。

その時、侍女長が到着を告げて我に返った。仕事場の建物に繋がっているという扉が開けられて、ジゼルは空色の目を見開いた。

「うわーっ、すごい……！」

屋内の風景は、途端に住居とは打って変わった。高い天井、目の前は所員が行き来する通路があった。

「仕事場への出入り口は二階になっているんですねっ」

そこは吹き抜けの大きなフロアが眺められる二階通路になっていた。

「そう説明いたしましたが」

「……で、でしたよね」

表情があまり変わらない侍女長に目を向けられ、ジゼルはつい顔を反対側へと逃がした。アリオンのことを考えて半ば聞いていなかった、なんて言えない。

その時、多くの所員が行きかう通路の左手から、ネイトが走ってきた。

「す、すみません！　待たせてしまいましたか!?」

自分の仕事を大急ぎで進めて戻ってきたのだろうか。彼の癖が入った短髪は、鳥の巣みたいになっていた。

「いえ、大丈夫ですよ」

「はーっ、良かった」

合流したのを見届けて侍女長が屋敷側へと戻っていく。扉が閉められると、ガチャリ、と音がした。

「あの、ネイトさん、鍵《かぎ》がかかったのですけれど……」

「スケジュール外の時間は鍵がかかっています。もちろん、アリオン様と僕は鍵を持っていますが。基本的にはベルを押すと誰かが出てきて、用件を聞いてくれます。あくまでここは局長専用の仮住まいですから」

「そうなんですね」

「ああ、それからさっきみたいに敬語なしでいいですよ。アリオン様に僕が叱られます」

ネイトは相変わらず人のよさそうな笑顔だ。

気を解《ほぐ》そうとしてそう言ったのか、それとも事実なのかジゼルははかりかねた。本当のことだったらアリオンの機嫌を損ねて彼が大変な目に遭うだろう。

「分かったわ」

ひとまず、案を受け入れることにした。

「よかった。それでは行きましょうか」

「あの、ネイトさん、その前に一つ質問してもいい？」

「はい、なんでしょう？」

「他にもあなたみたいな恰好をした所員がいるみたい。それは制服だったりするの？」

彼の白衣は、よく見れば丈夫そうで医者のものとは違っていた。

「はい、この上着は一部の部署の指定制服になっています。僕は骨董《こっとう》復元課に所属しているんですが、アリオン様のことで走り回るのがメインなので所属はないも同然ですー」

「相変わらず聞いていて悲しいわ……」

彼自身は慣れきっているのか、笑顔だったのもジゼルはゾッとした。

部署はないも同然、と自己紹介したネイトに一階からざっと案内された。

廊下から見えていた吹き抜けの中央は、大広間になっていた。

そこには受付があり、手続きのための各窓口と、待つ人々のための椅子が置かれていた。荷物を載せた荷台が、円形状の各フロアの入り口に吸い込まれていく。

大きな玄関の正面には、巨大な図書館があった。

ネイトの話によると保管を依頼された古書の他、回収、または保護されたばかりの物品も全《すべ》てまずこちらに運ばれるという。一番多く各部署の作業場も集まっている。

「すごく大きいわねっ、天井がとても高いのも納得だわ」

「この建物の中で品物が一番目に入る巨大倉庫、みたいなものですからね。博物館の展示品がごろごろと置かれている感じで中もとにかく広くて。回るには時間もかかりますので、まずは各施設を案内していきますねー」

彼はさらっと言ったが、ジゼルはすごく貴重な品々が集まった国家の施設なのだと実感した。

図書館も大きいが、一階の応接間や会議室も広々として立派だった。

政務関係や芸術関係など日頃から多方面の組織が来訪する。基本的には、最高責任者である局長のアリオンが同席、他にも厳重管理施設という場を活《い》かして要人が集まって会議されることもよくあるのだとか。

「そして二階は運営所と、長期保管用の書類管理所になっています」

階段をネイトと上がり、入ってきた時の屋敷側の扉を通り過ぎると、そこにはアーチ状の大きな入り口をもった図書館があった。

「ここにも図書館があったのね。奥に天井まで伸びている棚がたくさんあるみたい」

「書棚や収納機能は管理局で最大です。ここにはあらゆる情報と書面が集まり、管理責任は事務課が、いくつか他部署の作業場もあります」

二階は運営業務がメインで、局長であるアリオンの執務室もここから近いという。

「アリオン様は今別件で不在ですので、執務室はまたあとで案内しますね」

「う、ううん、いいわ」

入ったら出るのに苦労する予感もした。そもそもジゼルは、できるだけ早めに帰らないといけないのだ。

(そういえば私、仕事の初出勤を逃してしまったのよね……)

そう思ったジゼルは、ふと多くの女性所員達を見て気付いた。

「彼女達の服もネイトさんみたいに制服のようだわ。ねぇ、気のせいかしら、今私が着ている服と雰囲気が似ているような」

すると、ネイトが突然合掌《がっしょう》して謝ってきた。

「ごめんなさいっ！　アリオン様はここになくてはならない人で、辞められるとまずいですし、なので〝この決定〟は皆さんの総意でもあるというかっ。アリオン様が話す予定でいるので僕がすぐ説明できないのですが、いちおう、それは制服になります。ジゼルさんのは急ピッチでデザインを少し変更したものになりますが……」

「え？　待って、それどういう――」

ジゼルは頭を下げている彼の頭に手を伸ばした。

だが、その手はネイトに届く前に横から大きな男性の手に包まれていた。しっとりとした感触に、誰のものかすぐ分かった。

「そんな風に他のオスに触ったら、僕は嫉妬《しっと》でおかしくなってしまうよ？」

記憶の中では子供なのに、耳元で聞こえたのは艶《つや》っぽい大人の男性の声だった。

色気たっぷりに囁《ささや》かれた瞬間、ぞくぞくっと背が震えた。ジゼルは咄嗟に耳を押さえ、振り返って軽く睨んだ。

「み、耳元で囁かないでっ」

アリオンが満足そうに獣目を細めた。

「そうか、良かった。今の僕の低くなった声、好きみたいだね」

好きかどうかは分からないが、無駄にいい声になったのは確かだ。

（ま、まさか、腰が砕けそうになるなんて……！）

自覚してジゼルは一層赤面した。

「さ、僕の仕事部屋に案内するよ」

アリオンに腰を抱き寄せられて歩き出した。ジゼルは当時と違いすぎる目線の高さに、あの頃にはなかった恥じらいに襲われた。

するとネイトが悲鳴を上げ、慌てて追ってきた。

「来るのが早いですけど仕事は!?　お願いだから仕事してきて、ぴぎゃっ」

アリオンは目も向けずネイトを押しのけ、品のあるダークブラウンの扉を開けて中にジゼルを入れた。

ネイトから、制服だと言われたことが大変気になっている。

けれどアリオンは彼を締め出したうえ、早速部屋を案内した。

「ここが僕の仕事部屋。どう？　広々としていて過ごしやすそうだろう？」

視線に促され、確かにとジゼルは思う。

執務室の中央は開けていて、すっきりとした印象だった。大きな執務机と長椅子、その隣側に真新しい感じの小ぶりな机と椅子も置かれていた。

(補佐の人用、かな？)

ジゼルは首を捻《ひね》りつつも、感想を待っている彼に答える。

「とても過ごしやすそうね。昔のあなたの私室を思い出すわ」

「僕も家具が少ないのは気に入っている。狭いのは嫌いだ」

「ふふっ、アリオンって大きい窓とか好きだったわよね。日差しが暖かいとかで」

この部屋にもあるお洒落《しゃれ》な円形状の大窓を見て、ジゼルは『ああ、そうだった』と懐かしく思い出す。

当時、勉強の合間に、ちょっと休もうかと言って一緒に窓辺で座り込んで眠った。アリオンはそういう可愛いところもあった。

（――なんて、遠いのかしら）

ジゼルの胸がきゅっと締まった。

大切だった時間を、自分から手放してしまった。

アリオンが続いて壁一面の書棚を見せた時、しんみりとしていたジゼルは執務机の横に大量の書類が積み上げられているのを見てギョッとした。

先程ネイトが『仕事をして』と訴えていたのをハッと思い出す。

「あ、あの、なんだか忙しそうね……？」

慌てて彼の服を引っ張って、そちらを指差した。アリオンは興味もなさそうにそちらへ流し目を向け、それからジゼルににこっと笑顔を戻してきた。

「ここ数日の許可書やら申請書やらが溜まっているだけだから、気にしないで」

「気にするわよっ」

その時「その通りです！」と扉の開く音と共にネイトの声が響いた。

「アリオン様はこの数日不在も多かったのですから、ちゃんと仕事してください！　繁忙期なのに書類の溜まり具合が過去一番でヤバイですっ！」

ネイトは惨状に嘆くかのように半泣きだった。

それくらいアリオンは忙しいのだ。ジゼルは彼の時間を取ってはいけないと思い、素早く離れながら言う。

「私、こういうことをしているどころじゃなくて、あのっ、帰らなくちゃ」

ぴく、とアリオンの眉が反応した。

「帰る？　どこへ？　君のオウチはここだよ」

彼が子供にでも言い聞かせるみたいな、とても優しい表情でそう言った。

「違うわ。その、私は就職先が決まったの、だから――」

「ああ、あの事務職の？　あれなら、僕が断りの連絡を入れておいたよ」

「は……？」

「ついでに寮と、君の下宿先も引き払って勤務地と住所もここに移動しておいたから」

アリオンがにっこりと笑った。

「は――はいいぃぃぃ!?」

わけが分からずジゼルが叫んでいる間にも、彼が執務机へ向かい書類を取って戻ってくる。

「ほら、今日は初出所の君にこれを見せようと思って」

にっこりと笑った彼が掲げたのは、住民票だった。勤務場所には『重要機密物管理局』と書かれていた。

「……う、嘘でしょっ？　なんてことしてくれんのよ！」

思わず彼のジャケットを掴んだら、アリオンが声を上げて楽しそうに笑った。

「あはは、あの頃の君らしく戻った」

その向こうでネイトが「ごめんなさいいいぃっ」と涙目で合掌している。

ネイトが先程謝ってきたのも、雇用契約場所を勝手に変えられていたからだ。そうすべて理解したものの、ジゼルは怒ることもできず目をくしゃりと細めた。

アリオンの笑顔が無垢《むく》なのは、ずるい。

ジゼルの令嬢らしくないところも、彼は気にしないどころか『君らしい』と言って笑う。

(彼と同じ場所で働ける……軽率に嬉しいと思ってしまう)

今も自分が、手放すことを決めたあの日の『アリオンと大人になって、アリオンと一緒に働くの』という夢を忘れられないことを思い知らされた。

「どうしたの？　服、気に入らなかった？」

アリオンが、ジゼルの頬に指の背を滑らせてきた。

「いえ、サイズもぴったりよ……こういう動きやすいタイプは好きだし」

彼の心地よい手の感触にほだされそうになって、さりげなく離れながら言った。

「勝手に仕事先を変更したことは許せないけど、その、制服まで用意してくれてありがとう」

「どういたしまして」

「それから、言っておくけど私はあの頃みたいにやんちゃじゃないからね」

当時は、風変わりだったから興味を持たれた。

でも今のジゼルは、子爵令嬢ジゼリーヌ・デュメネだ。子供時代に彼が執着していたままのジゼルではない。彼にはつまらない普通の令嬢だろう。

（しばらく働いている間に飽きるはず……）

一緒にいればどうにかなるかもと考え直し、ひとまず確認する。

「それで、私の部署はどこになるの？　図書館の女性所員達とも制服が違うみたいだけど」

「ジゼルは局長秘書だよ。そこの席は、君用だ」

「……はい？」

聞こえてきた言葉がすぐ理解できなかった。

「………ごめん、私の採用枠をなんて言ったの？」

「だから、局長付きの秘書。おめでとう、君は重要機密物管理局長の秘書に採用された」

にこにこしている彼の一方で、ジゼルはぽかんと口を開けていた。

視線を移し向けると、ネイトがまた合掌した。

「ジゼルさん本当にごめんなさい、アリオン様はここになくてはならない人で、全員一致で彼の希望が通りました」

「……け、結局隣に置きたいだけじゃない！」

なぜアリオンが秘書にしたのか納得した。初就職が国家機関の局長の秘書なんて大役は無理、そう思って涙目で怒ったのに彼は「あはは」と笑った。

「大丈夫、君ならできるよ」

「それって知り合い贔屓《びいき》と言うのよ！」

「そう？　調べてみたけど、君って父と兄と一緒に領地経営の書類を――」

アリオンが顎に手を当てた時、その声に重なるようにノック音がした。

扉が少し開き、ネイトが慌てて飛んで向かう。

「おや、目撃情報通りネイトがいますね。今局長に急ぎ確認したいことがあったのですが、新任の秘書への説明は終わりましたか？」

「すみません、久々の再会で少し痴話喧嘩《げんか》が……」

そう答えながら、ネイトがいったん外に出ていった。

「私が秘書として今日から入ること、みんな知ってるの？」

「もちろん。僕の秘書にするからねって伝えた」

「それってただの我儘《わがまま》でしょう！　きちんと考えずに秘書にするのはだめっ！」

「どうして？　秘書、嫌だった？」

「そうじゃなくて……っ」

なんで分からないのか。にこやかなままの彼にプッツンときて、ジゼルは彼の胸倉を掴んでそこにあったソファに投げ倒した。

ソファの足がガタンッと音を立て、上にのしかかったジゼルの体重でさらに軋《きし》む。

「どうして分からないのよ。急に現れた小娘が局長秘書になるなんて、嫌がられるわ。アリオンまで、い、嫌な目を向けられるかも」

それが一番怖くて、嫌なことだった。

するとアリオンが手を伸ばし、落ちたジゼルの髪を撫でた。

「落ち着いてよ。環境が変わって混乱しているのは分かるよ。ほら、深呼吸だ」

「……どうしてあなたは落ち着いていられるの？　怒るくらい、してもいいのよ」

あの時、別れも告げずに出ていった。

それなのに今のことだって怒らない。彼があっさり彼女の下に転がされたのは、まったく抵抗しなかったからだ。

彼があの頃と変わらず優しすぎて、ジゼルは一層苦しくなる。

「怒らないよ。君が、僕の手の中に帰ってきてくれたんだから」

アリオンの獣目が優しく笑う。

（本当にそれでいいの？）

どうして、と、鬼畜なのに全てを受け入れる寛容な彼に涙まで出そうになった。髪に指を滑らせた彼が、慰めるようにジゼルの頬も撫でる。

「それにね、君が懸念していることなら大丈夫だよ？　もともと僕がここにいる条件はソレだと知って、ここの者達は僕を局長に就任させた」

「え……？」

その時、再びノック音がして扉が遠慮がちに開いた。

「そろそろ大丈夫そうですか？」

ネイトが確認してくる後ろから、知らない男が入室してくる。

「局長、急ぎ話したいことが――あら、まだでしたか」

書類に落としていた彼が、目を上げ控えめに驚きを見せた。

ジゼルは今、アリオンをソファに押し倒している構図だ。目が合ったジゼルはハッと察するなり、みるみるうちに赤くなった。

「あ、あの、違うんです。これは、私が投げ飛ばしたというか」

「ほぉ、局長に活《かっ》を入れたわけですか。実に期待大です」

男性が感心したように頷《うなず》く。

なぜ、アリオンを叱るだけのことをかなり評価されているのか。だがジゼルは大きな手で腰を包み込まれ、びくっとして下に視線を戻した。

「な、何？　これだとどけないいんだけど」

「どけないようにしたんだよ？　大人になってそんな顔もするようになったジゼルを、もっと見たいな。もう少しこのままいていいよ」

「よくない！」

今にも彼の腰に押し付けられそうになって、ジゼルは慌てる。

男が書類を顔に当てて、溜息をもらした。

「ネイト、止めてやりなさい。仕事にならなかったら困ります」

「はぁい、行ってきまーす……」

ジゼルは、ネイトに助けられてようやくアリオンから解放された。その時にはぐったりしてしまっていて、今度からは当時みたいに投げ飛ばさないことを決めた。

アリオンはネイトを足で踏みつけていたが、男は気にせず、場の収束を見て取るなり書類を脇《わき》に抱えてジゼルに挨拶をした。

「初めまして、ジゼルさん。ようやくご挨拶ができて光栄です。私は所員の派遣を管轄してる受付の課長、ロバート・キャッシュです。重要機密物管理局へようこそ、入局を楽しみにお待ちしていました」

「えっ、あ、初めまして、私はジゼル・デュメネです」

ジゼル名で認識されているのならと思い、彼女もそう名乗った。

「握手をしたいところですが、局長に腕を潰されそうなので遠慮しておきますね」

彼はさらっと言ったが、ジゼルはゾッとした。

（……もしかして慣れてる？）

あのアリオンに慣れるというのも、すごいけれど。

それだけ共に仕事をしているのだろう、とジゼルは思った。

「局長秘書になられたことについても、心配ありません。局長はあなたを見つけたらそばに置くことを条件に、先代局長から任を引き継ぎましたから。この重要機密物管理局では、彼ほど戦闘能力も高い獣人族は、とくに重宝されます」

「待って。ここって軍じゃなくて、国家機関のはずですよね？」

「ああ、まだ聞いていない部分もあるようですね？　ちょうどその件の仕事も持ってきたところですし――局長、私から説明しても構いませんか？」

アリオンが「構わない」と答えると、ロバートは「立ち話で失礼」と断ってから、ざっと語った。

ここは、重要物と文書の預りと保管がメインだ。保護と安全な届けのため、あらゆる武装手段と調査手段を許可されている国家機関でもあった。

ロバートが今持ってきた仕事というのは、発掘された古文書の輸送のため、武装グループを貸して欲しいという依頼だった。膨大な研究資料を狂いなく記録し管理するだけでなく、戦闘要員の所員への指令もアリオンの仕事だという。

「武装グループ？　内容を聞くと穏やかじゃないわね……」

ジゼルは、ロバートから書類を受け取って目を通すアリオンを心配そうに見た。

「君を見付けるためには、調べられる立場じゃないといけなかったからね」

それを聞いて、執着が長らく変わらなかったことにもゾーッとした。

でも――と思い、ロバートと手短にやりとりし始めた彼の真剣な横顔につい見入ってしまう。

（普段からこんなことまでやっているのね……）

まるで戦闘の指揮みたいだと感じた。

どうやら、このまま二人で武装輸送課のところに移動することになるようだ。ジゼルはネイトと見送ることになるのだろう。

そう思った時、アリオンが振り返ってきた。

「少し行ってくるよ。君がどんな女の子かは知っているけど、大人しくしておいで」

分かった、と答えようとしたのにできなかった。彼が頭を屈め、不意にジゼルの頬へちゅっと唇を押しあてたのだ。

固まったジゼルの向こうでネイトが目を剝《む》き、ロバートが「ほー」と顎を撫でる。

「……アリオン？　今のは」

「行ってきますの挨拶だよ。それとも唇にさせてくれた？」

覗き込まれたジゼルは、瞬時に首を左右に振った。顔が少し赤くなっているのが見えているせいか、アリオンがくすりと笑う。

「良かった。君にこういうことをする男はいなかったんだね。僕が一番だ」

そもそもジゼルの頬にキスをしたいと思う人なんて、誰もいない。

そう思ったのだけれど、大人になった彼の色香に面食らって、結局は何も言い返せずに見送った。

頬の熱を冷まそうと出入り口から顔をそむけた時、目に留まった書類の山が気になった。

「……これ、大丈夫なのかしら。アリオンは武装輸送課のことがあるとすぐ出ていくの？」

「はい。武装輸送課の指示権はアリオン様だけなので」

ネイトが鳥のように目を瞑って鼻頭にくしゃっと皺《しわ》を寄せた。

「どういう表情なの……」

「すみません、少し考え事を……その、アリオン様は責任感が強くて、抱え込む書類処理も多いんですよ。それを助っ人できるのも僕だけなんですよね……」

「え？　ネイトさんだけが？」

「あっ、話がそれてすみません！　案内の続きをします！」

さあ行きましょうとネイトに背を押され、ジゼルは一緒に部屋の外へと出た。

◆

彼の執務室を出たのち、残る建物内をやや急ぎ足で回った。そのあと「間に合ったっ」と安心したネイトに再び二階の図書館へと連れられた。

局長のアリオンは忙しいため、普段は事務課での仕事が多くなるみたいだ。

そこで覚える業務は、執務室で彼をサポートする際に使える。

「仕事覚えのためにもよいと進言し、わたくしの課に配属をお願いしました」

そう教えてくれたのは事務課長のアビーだ。彼女に事務課がみているという二階の図書館内を見せてもらった。

そこは、ひっきりなしに人の出入りがあった。

一階と同じく荷物を載せた運搬車の行き来も目立つ。みんな、ジゼルに気付くとにこやかに挨拶してきた。

急きょ就職が決まった秘書を歓迎している空気にはちょっと安心したが、やはりジゼルが気になるのはアリオンのことだ。

(大人になった彼、隙《すき》がまったくない……)

たった一日寝込んでいた間に、住所まで変わっていたというのも末恐ろしい。

仮婚約者になってしまったので、遠くへも行けなくなってしまった。噛んだのはこのことが大きく関わっている気もした。

――獣人法。

相手の獣人貴族が結婚相手を選考中の場合、仮婚約者は交流が難航するような遠方に身を置いてはいけない。定期的に会う義務もある。

やはり彼は、ジゼルが出ていってしまったことを思ってもいるのだろう。

(でもこれは結婚の相性を見るための交流制度であって……そばに置きたいから噛む、というのは違うのよね)

アビーから案内の担当がネイトに戻り、事務課が一番手伝いに入るという一階の図書館内を見て回りながら、つい溜息をもらした。

それを、どこか心配そうに彼が見ていたなんて気付かなかった。

一階の図書館の中は、入り口から見た印象の通り巨大だった。多くのものが置台や棚にも溢《あふ》れて、これまで回った各部署の半分以上が作業場を持っていた。

忙しそうに所員達が激しく出入りしていく様子からも、重要機密物管理局は、日頃から多くの来訪者もある忙しい場所だと分かった。

預けたい、引き取りたいといった来訪者の対応にも追われ、内部は業務を回す者達の行き来も続く。

「その……アリオン様を誤解されないで欲しいんです」

一階の図書館を出た時、階段の方を目指しながらネイトが躊躇《ためら》いつつぽつりと言った。

「自分勝手に見えて、所属している所員一人ずつをきちんと見てくれています。国の宝とも呼べる芸術品が多く保管されているので狙《ねら》う者もいて、それを守るのも管理局の仕事ではあるんですけど、アリオン様は同時に所員の安全を誰より考えて守ってくださっているんです。遺跡の出土品には危険な物も含まれているから、自ら武装グループを率いたり――」

(危険な物……?)

ジゼルはイメージがなくて首を捻った。けれど続いたネイトの言葉に疑問も飛んだ。

「誰よりもアリオン様は立派です。みんなが、彼の下で働けて良かったと思っています。彼を信頼しているからジゼルさんの秘書指名も納得したのかなと。僕もそんなアリオン様を支えられて、実のところ自分の役割が誇らしかったりします」

その真っすぐな彼の言葉が、ジゼルの胸を貫いていった。

「――うん。知ってるわ」

アリオンが立派で、優しい人であることはジゼルも昔から知っている。

彼は幼かったジゼルが思い描いていた通り、立派になったのだ。周りのみんながアリオンを認めていることも、嬉しい。

生徒が巣立ったような誇らしさを感じる。

それと同時に――やはり、そうなるまでを見届けられなかった寂しさを覚えた。

「あなたは一番そばで、誰よりもアリオンのことを見てきたのね」

「はい。ジゼルさんと入れ違いで、屋敷に通い始めましたから」

ネイトは少し気にしたような顔で、遠慮がちに言った。

「僕は詳しくは知らないのですが、当時の決断は……その、つらかったですよね？」

「ええ、そうね。つらかったわ」

自分の代わりに見守っていた彼に本音を答えた。

「そうか、良かった」

なぜかネイトがほっとしたようにそう言った。

「アリオン様もずっと会いたがっていました。再会できて良かったです」

違う、彼は本来怒るか復讐《ふくしゅう》するかしてもいいのだ。

それなのにアリオンは『どうして逃げたの』と一度質問したきり、気にしてないよと伝えてくるみたいに、ずっと優しい。

(私はきっと彼を傷付けたわ……会いたい、と彼がそれだけを思ってくれていたなんて自分に甘い考えをしてはだめなの)

また、そばに、と望んでしまいそうになる。

ジゼルは唇を噛んだ。重くなった空気を払うみたいにネイトが話題を変えた。

「そういえば仕事場の他、ここには食堂もありますよ。無料で利用できますから、あとで利用の方法を教えますね」

「はい、ありがとうございます」

食べ物が無料なのは有難い。楽しみだと思ってジゼルが微笑み返すと、ネイトがぽーっとなった。

「どうかしたの？」

「えぇと、なんというか、アリオン様に聞いていた話とは少し違うなぁと思っただけで……」

彼が手振りを交えて照れたように言った。

ジゼルの令嬢スマイルが冷えていく。すれちがっていく所員達が「どうしたんだろうな」「よく気付かないな鳥……」と困惑気味に振り返っていた。

アリオンのことだ。彼女を野生児か珍獣だとでも話したのだろう。

（私だって、いちおう大人になりましたっ）

勝つところなんて一つもなくなってしまった大人のアリオンに、ひとまず心の中で反論しておいた。

ネイトによる案内が終わった頃、男性所員から、アリオンは武装輸送課の人達と荷台の回収のため外出したので、定時まで帰らないと伝えられた。

そこでジゼルは、二階の図書館にある事務課で仕事を習うことになった。

一所員として、仕事はきっちりやって役に立つつもりだ。局長秘書という肩書きで給料が出ると思うとジゼルは一層気が引き締まる。

それに、夢にまで見ていた〝仕事〟だ。

就職できたことを思うと、初仕事に彼女の胸も躍った。

「おぉっ、ジゼルさんは覚えが早いですね。計算もできるせいかな、作成もスムーズだ」

「ありがとうございます。この算出方式も勉強しておきますねっ」

ジゼルが意気込むと、近くのデスクの男性指導員だけでなく、同じく見てくれているアビーや女性所員達も和《なご》んだ空気になった。

「ジゼルさんは素直なタイプですのね。向上心がある子は有難いですわっ、頑張ってね！」

「はい！　頑張ります！」

一つずつ取り組んでいくたび、前向きな気持ちが湧《わ》いてくる。

その理由がなんなのか、ジゼルも気付いてはいた。

先輩所員にまた褒められて次の仕事をもらったところで、未練たらしい自分に苦笑した。

あの頃と同じように、少しでもアリオンのためになれると考えてやる気が出ている。それを思って悲しくなった。

（――私、ばかね）

それから間もなく、館内の慌ただしさが引いた。

来訪者が森を抜けるまでの時間を考慮して、窓口は夕刻よりも早い時間に閉じられる。閉館の鐘が鳴ると、事務課も片付け作業へと移行した。

「局長とは数年ぶりの再会でしょう？　今日は勤務初日でゆっくり話す時間もなかったようで

すし、これから話せる時間が来るのが楽しみですね」

ジゼルに各書類の収納先を教えていた男性所員が、にこやかにそう言った。

「……いえ、恐怖、ですかね」

男性所員は不思議がっていたが、ジゼルはたびたび淑女として身の危険を感じたことが気になっていた。

再会してからアリオンとじっくり向き合って話す時間はなかった。

（平気、よね……？）

アリオンは当時のまま執着しているだけで、ジゼルが大人になっただとかそういうことには興味がないだろう。

◆

アリオンは閉館時刻に戻ってきた。そのまま離れの武装輸送課に行き、運び込まれた新たな荷台と、確認が取れている物品を書類に書き起こす作業にあたっていた。

てきぱきとこなすのは、早く帰りたくてたまらないからだ。

大人になったジゼルへの興奮は冷《さ》めない。

当時は肩に少し掛かっていた濃いキャラメル色の髪は、腰を覆うほど長くなった。目は女性的な優しさが加わり、彼女に見つめられるだけでアリオンの心は甘くくすぐられた。

（あんなに可愛いのに、誰も気付かなかった――）

ジゼルが令嬢として生きていたのに、人族に多い政略結婚もしていなかったのは奇跡だ。

アリオンは、彼女を見つけ出したら庶民だろうと自分の妻にするつもりでいた。その想いの強さには両親も呆れていたほどだ。

『伝手《つて》のない重要機密物管理局に就職できてしまったくらいですもの、ジゼルさんを見付けられそうね……獣人族は見初《みそ》めたら一直線ですから。アリオンがそれで幸せになれるのなら、母としてはそれでいいのですわ』

『まぁ、お前ならジゼルさんと結婚してしまえるだろうな……屋敷の者達が言っていたように、あの頃には婚約させて周りの貴族達を納得させていた方がよかったんだろうなぁ。アリオンにもジゼルさんにも、申し訳なかった』

父も協力的だったが、なかなかジゼルは見つけ出せなかった。

まさかジゼルが『ジゼリーヌ・デュメネ』として過ごしているとは、アリオンも思っていなかったことだった。

捜しても見付からなかったわけだ。

彼女が人族貴族の令嬢として暮らしていると知った時は、婚姻先が決まっていないか焦燥に駆られた。もし婚約していたら横から掻《か》っ攫《さら》うつもりだった。

身上書で、口約束をしている相手さえいないと知った際は、ほっとしたものだ。

「……ジゼルがいる、いつでも会えるここに」

一台目の荷台を下げさせたところで、アリオンはペンを回して想いに耽《ふけ》る。

戻ったら、また、彼女からの『おかえり』を聞ける。

彼女に『ただいま』と言えるのだ。そう想像しただけで口元がにやけそうになり、顔の下を覆い隠すように手で撫でた。

その時が、アリオンは待ち遠しくてたまらない。

だからこそ、その時間を迎えるために今の仕事を片付けなくてはいけない。

『立派な大人になるための勉強よ！』

仕事は、彼女があの頃アリオンに抱いてくれていた〝夢〟だったから。

そんなことを思っていると、武装輸送課の面々が「お疲れ」とかけていく声が聞こえた。見てみると、ネイトが向かってきた。

「アリオン様が仕事してくれて助かった……！」

本人を目の前にして、胸の前で手を組んで拝んでくる。

「大袈裟《おおげさ》だな。なんだ、唐突に。様子を見にこなくとも仕事はしている」

「見てこいと言われて、復元課から蹴り出されたので勘弁してください。ふ、ふふふっ、それにしても、機嫌もよさそうですね」

アリオンはうざったいと顔に出したのに、ネイトがひょいと顔を覗き込んできて笑う。

「帰宅するのが楽しみですね。ジゼルさんとは久しぶりの再会ですし、今日は屋敷の方での補佐業はお休みしますね」

彼は、アリオンの屋敷側での書類仕事も手伝っていた。

子供だった頃は、こんなに長い付き合いになるとは思っていなかった。

ジゼルがいなくなったあと、両親が友人を作らせようと引き合わせた同年齢の令息がネイトだった。飽きもせずアリオンの後ろをついてくる〝変な奴《やつ》〟だ。

けれど彼の子供らしさと朴直さが、アリオンにはちょうどよかったのかもしれない。

『ジゼルさんと三人で、こうして勉強できたら嬉しいですね！』

親の言い付けなら無理に付き合わなくてもいいぞ、と彼がいつもみたいに突き放せなかったのは、ネイトがひたすら真っすぐな奴だったから。

アリオンは――ふっと美麗な笑みを浮かべた。

その獣目が冷酷な色香を放って、ネイトがピキリと固まる。

「あ、あの……？」

「誰にものを言ってるんだ？　楽しみで、愉快すぎてたまらないに決まっているだろう。彼女は僕の思惑通りに、自分の意志で残ってくれて仕事をしているんだから」

ネイトが「そうでした、ね……」と震えながら言った。荷台を押し進めてきた武装輸送課の男達も「こわ……」と呟いて動きを止めていた。

「――今度こそ、ジゼルを逃がさない」

そのためにアリオンは徹底して優しい顔をする。

これまで腹に抑え込んだ激しい情も、どろどろとした男の欲も、彼女の十年を知らないでいる嫉妬心も全部抑えよう。

◆

仕事の終了時刻を迎えると、屋敷の方から使用人達が迎えに来た。

ジゼルは住居内をざっと紹介されたのち、今朝目覚めた寝室とは別の、彼女用の部屋と寝所があるという二階の部屋へ案内された。

「こちらがジゼル様の私室にございます」

「そう、なの……」

ジゼルは、一人用にしては広い豪勢な空間に頬がひくつく。

家具は彼女好みの中央にゆとりがある配置だ。真ん中にはテーブルが一つと、凝った作りが素晴らしいソファ。壁側には上品な家具が置かれていて、開いた続き扉の向こうには立派なダブルベッドがあった。

退勤後すぐ『宿』なのは助かるが、この待遇を『はい、喜んで』とはならない。

（これは、新米部下や元家庭教師にしていい待遇ではない……）

仮婚約者の、子爵令嬢。

それを伯爵家嫡男である彼が迎え入れた、と一目見て分かる優遇っぷりだ。

「ジゼル様、お気に召しませんでしたでしょうか？」

「えっ？」

「その場合、職人を呼んで全て望むように改装せよと旦那様から許可をいただいておりますが」

「いえいえ大丈夫ですっ、とっても素敵だと思います！」

なんて恐ろしい。いったい部屋にいくらかけるつもりなのか。

「それから、先程ご衣装も届きました」

「……ん？　衣装？」

「二日で採寸もちょうどに仕上げてあります。どうぞ、こちらでお着替えを」

聞き間違いではなかったらしい。ジゼルは淡々と告げたメイドと、ざっと現れたメイド達にあんぐりと口を開けた。

（スリーサイズを教えた覚えはないんだけど、いつ私のサイズを把握したの？）

そう思っている間にも、優秀なメイド達によってあっという間に着替えさせられた。

ジゼルの瞳と同じ青色で、散歩に出られる動きやすいものだった。肩にある求婚痣が首にまで伸びていることを配慮されてか、首元が見えないものだ。

（……いくらなのかしら）

流行の普段着用のドレスは可愛いのだけれど、ちょっと気になる。

気軽には質問も振れなかった。ジゼルが片付けをするメイド達をそわそわと眺めて待っていると、年上のメイドが進み出てきた。

「ジゼル様は、わたくし共に遠慮されておいでのようですね」

「えっ、あ、その……」

「ご安心ください。ここにいるのは旦那様が選び抜いた使用人です。あなた様が気を楽にして過ごせるようにと仰せつかい、みな、お迎えするこの日をとても楽しみにお待ちしておりました。ここには社交で訪れる貴族もいません」

以前、エルバイパー伯爵邸であったような貴族の来訪はないので、安心するようにと伝えたいのだろう。

ここは重要機密物管理局であって、交流のある貴族の来訪を受ける場所ではない。

（とすると、アリオンはしばらく社交から離れているのかしら？）

そう思いつつ、ジゼルは密《ひそ》かに胸を撫で下ろしてしまっていた。自分の立場を理解し無知を恥じたこと、そして辛辣《しんらつ》だった当時の人族貴族達の対応もトラウマだった。

メイドがようやくにこっと笑みを浮かべた。

「旦那様は、ジゼル様を迎えられるのをそれは楽しみにしておられました」

「そ、そうなの」

「はい。見つかったとご報告を受けてすぐ、お部屋の準備に取り掛かり、所員をほぼ全員動員して品物もご用意し、たった数日で女性も暮らせる屋敷にされたのですよ」

「――え」

（所員を動員って……それ、職権乱用ではないかしら？）

歓迎の度合いを伝えたかったようだが、ジゼルには後半の印象が強すぎた。彼自身が動かせるお金を、いったいいくら投入してこの部屋を仕上げたのか。

しがない子爵令嬢のジゼルは、それを考えて胃がぎりぎりした。


大変落ち着けない豪華な私室だったが、時間まで好きにして良いとのことで、事務課からもらった事務処理マニュアルを読み込むことにした。

他人の屋敷を勝手に出歩けるほど、今のジゼルの神経は図太くない。

それに仕事をするのなら、責任を持って戦力になりたいと思っていた。

読み始めると途端に集中してしまっていたようだ。ノック音に気付いて顔を上げると、メイドが呼びに来ていてびっくりした。

「旦那様がお戻りになりました」

時計を見てみると、告げられていた夕食時刻よりも数十分は早い。アリオンは使用人達に伝えていた予定より早く用事が終わったようだ。

マニュアルにハマッて、しばらく彼のことを忘れていた。

屋敷を出ていったことは怒っていないと言っていたけれど、ジゼルは不安だ。同行をお願いされ、メイドの後ろをすごすごと歩いて一階へ向かう。

（やっぱり怒ってました、とかだったら怖い……）

アリオンは感情があまり表情に出ない子だった。

今の彼を生徒だった頃のように『子』と呼ぶのは変だが、とにかく、執念深くて不意にドカンといくタイプの危ない男だ、とジゼルは思っている。

間もなく一階のラウンジに到着する。

案内されたジゼルは、目に入ったアリオンの姿にどきっとしてしまった。

「あ、ジゼル」

眼鏡越しに、彼の綺麗な赤い獣目が甘く細められる。今後の予定でも伝えていたのか、彼のそばには脱いだジャケットを預かる執事がいた。

執事はジゼルを見るなり、頭を下げ、メイドと共に出入り口側まで下がる。

（いきなり『あとは二人で』という空気を作らないで欲しい）

アリオンが歩み寄ってくるのを見てジゼルは緊張した。しかし、身体を強張《こわば》らせた直後に、ふっと気も緩んだ。

（あら……？）

心なしか、アリオンの歩みは調子が良かった。

よくよく見てみれば、分かりやすいくらいににこにこしている。

（……機嫌はいいみたい？）

目の前に立った彼の表情をうかがうべく、つい下から覗き込む。するとアリオンが少し屈んで、綺麗な顔を寄せてきた。

「ただいま、ジゼル」

「え？　あ、おかえりなさいアリオン、何かいいことでもあった、の……」

アリオンの笑顔が、徐々に一層輝いていった。

（……み、見慣れないわ）

この、人畜無害そうなイケメンは誰だろう。

子供の頃だって、こんな無垢な笑顔をジゼルは見たことがない。

使用人達に視線で『それくらい嬉しいのですよ』と伝えられるが、いよいよジゼルは不思議に思ってしまった。

（これ、嬉しいにしても度合いがおかしくない……？）

アリオンはずっとにこにこしてジゼルを眺めてくるし、彼女は少し心配になってきた。

「あの、アリオン……？　なんだか上機嫌そうね？」

「『ただいま』と帰ってきたら、ジゼルがいる。一緒に暮らしていた当時みたいで、嬉しいよ」

「はぁ、そうなの……」

やはり彼は幼い頃のままの感覚のようだ。『おかえりなさい』だけで無垢に喜んでいると分かったジゼルは、なんだか拍子抜けしてしまう。

獣人族が結婚を求めることは〝求愛〟と言われた。

好きだから、愛《いと》しいから――その人のために取る獣の本能による求婚の行動だ、とジゼルは教わった。

アリオンは根本的に意味を間違えている。

ジゼルが変な形でお別れを突き付けてしまったせいで、執着がこじれて残ったままで、あの頃みたいにただ彼女と一緒にいたいだけだ。

(大人になった私に執着しているのも一時だけ、と思うのよね)

けれど間違っていると教えるには、どう説得したらいいのか。

先日は、結局ジゼルの言うことを聞かずに噛んでしまった。後継者を残すための結婚をしなかったら彼の両親だって大変困ってしまうだろう。

「ジゼル、立ったままだと疲れるでしょう？　移動しようか」

声が聞こえた次の瞬間、ジゼルはアリオンに抱き上げられていた。

「きゃっ、い、いきなり何するの！」

「運んであげようかな？　て」

アリオンはきょとんとしたように答えてくるが、そういうことではない。

「お、下ろしてよ」

「嫌だよ。僕の手にすっぽりと収まるのが、いいな」

運ぶアリオンの顔は楽しそうだった。

確かに、当時は彼の方が小さくてこんなことはできなかった。ジゼルは彼のたくましい腕に動揺して見つめ返した。彼が気をよくしたみたいに赤い獣目を細める。

「すっかり軽くなっちゃったね。ドレスも、大人になった君によく似合ってるよ」

「え？　あ、ああ、それはありがとう。えぇと、服も色々と用意してくれたと聞いたわ。どれもすごく可愛くて……その、ありがとう」

改めてお礼を告げたら、彼が嬉しそうに破顔した。

「気に入ってもらえてよかったよ」

「でも、わざわざしなくてもよかったのに」

「急に連れてきて不便な思いをさせたら大変だからね。初めての仕事だって僕が見ているから大丈夫だと、君のご両親にも伝えて安心してもらえたばかりだ。配慮に欠ける部分があったら本婚約する際に向ける顔がない」

「えっ、待って！」

さらりと伝えられたが、ジゼルは聞き流せない部分があって、歩き出したアリオンのネクタイを咄嗟に掴んだ。

「ま、まさか……もしかして伝えたのっ？　私の両親に仮婚約のことまで⁉」

「当然伝えたよ？　仮婚約はよほどの理由でもない限り、両家の承認印と医者の診察証明書で下りるんだから」

彼のことだから強行だと思っていたら、きちんと手順を踏んでいたらしい。

でも、そうじゃない。

ジゼルはそう思って額を押さえた。彼女の結婚を家族は希望しているのだ。就職も決まったうえ、婚約候補者もできたと知ったら喜ぶ姿しか想像できない。

彼らの誤解を解くのは、かなり困難だろう。

「……会った時、困惑していたでしょう？」

平然と歩いていくアリオンに尋ねた。彼が思い返す顔をする。

「そういえば、なぜだかずっと困惑していたな。僕がもらう予定だから安心して、と冒頭で伝えたんだけど」

急に接触して仮婚約しただなんて伝えたら、困惑するに決まってる。

縁談もなかった娘が、就職に旅立って数日後、いきなり獣人貴族の伯爵家嫡男に求婚されていることを知ったのだから。

ジゼルは、再会するまでの間のことは家族に話していなかった。食べ物を自力で探して生き抜いていた、なんて知ったら余計に胸を痛めると思ったのだ。

見付け出されての再会の時、とても泣いていた。

兄と姉が、遊びに夢中になって一時《いっとき》目を離した隙に川に落ちてしまった。両親も一緒になって必死に捜したけど見付けられなかった――もう亡くなっているだろうと捜索を打ち切られて悲しみに暮れていたある日、そんな末娘が見付かったと知ったのだ。

『記憶がなくなってしまったのなら、これからもっとたくさんの思い出を作っていこう。だから、一緒に帰ろう』

父に改めてそう言われ、母と共に泣いて抱き締められた。責任も感じているようだった。だから、とてもではないがあの頃の話題は口に出せなかった。

「そうそう、君のご両親であるデュメネ子爵家は、職場も国家のものだと聞いて安心していたよ。休暇を取って実家に戻った時には、話を聞かせて欲しいと言っていた」

（……父と母に、どう説明すれば）

ジゼルは悩んだ。両親が聞きたいのは、とくに仮婚約のことだろう。けれど無理やり噛まれたなんて家族だからこそ言えるはずがない。

アリオンがラウンジのソファに腰を下ろした。そのままジゼルを膝《ひざ》の上に抱えて、ぎゅっと抱き締める。

「ちょ、ちょっとっ」

「はー、ジゼルの匂《にお》いだ」

どういう意味なのか。年頃の乙女《おとめ》としてはちょっと気になった。

「少し汗もかいたし、着替える時に軽く水で拭いただけだから放して」

「やだよ」

全然言うことを聞いてくれない。

ジゼルは、抵抗手段に出ることにして彼の顔を押し返した。するとアリオンが――その手の指をぺろっと舐めた。

「ひゃっ」

「ふふ、嬉しい。ジゼルの味がする」

そんな味なんてしないはずなのだが、なぜ舐めたのか。

アリオンが続いて、甘えるみたいに肩口に顔をすり寄せてきた。ジゼルは襟から覗く肌に彼の吐息を感じて、びくっとしてしまう。

空気が変わったような気がした。

仕事をしながら感じていた、あの嫌な予感が蘇った。ジゼルは咄嗟に身を引こうとしたが、大きな手が首の後ろに回ってきて彼の方へぐっと引き寄せられた。

「――ねぇ、少し触っちゃ、だめ？」

今にも鼻先が触れそうな距離で、彼があやしく囁いた。

ジゼルは頭の中が真っ白になった。

「えーと……触るって？」

「あれ？　分からない？　こういうことだよ、ジゼル」

不意に、彼の指がジゼルの襟を引っかけた。

「ちょ、ちょっと待ってて、何して――」

ジゼルは慌てたものの、彼が襟を引っ張ってあっという間に開いてしまった。見えた首の求婚痣の一部に、ちゅっと吸い付かれる。

「――あっ」

「ああ、いいね、甘い声だ。まだ求婚痣の部分は敏感なんだ？」

首元から、彼の笑う吐息が聞こえた。

「それはそうだよね。この前、僕が噛んだばかりだ」

アリオンがねっとりと肌を舐めた。

さらにぞくぞくっとした感覚が身体に広がって、ジゼルは震えそうになる吐息をこらえるのに精一杯になる。

「ア、アリオン、求婚痣に触るのはだめ……」

なぜか力も抜けそうになる。

ジゼルが手で弱々しく押し返している間にも、彼が眼鏡を外した。

「説得力ないよ。余計に触りたくなるだけだ」

眼鏡をテーブルに置いた彼が、ジゼルをかき抱いた。舌を伸ばし、襟に滑り込ませ白い肌に浮く黒い紋様をなぞった。

「んんっ」

こらえていると、彼が徐々にジゼルに体重をかけてきた。腰から脇まで手で撫でてくる。

（ちょっ、触りたがってくるんですけど!?）

ジゼルは助けを求めようとした。しかし目を向けた先で、使用人達が静かに頭を下げて出ていく光景があった。

（えぇぇええぇ!?　嘘でしょっ、この状況で置いてかれた!?）

けれど、すぐにそちらを見ている余裕はなくなった。

「どうして使用人の方を気にするの。ジゼルは僕に集中してよ」

ひんやりとした声に『まずい』と察知した直後、ジゼルはアリオンに押し倒されていた。

待ってと言っても彼はもっと舐めてきて、脇腹から腰の横まで撫で回してくる。

衣擦《きぬず》れの音を立てる彼の手が、今にも衣装を乱す想像をさせてジゼルは震えた。

「待って待って、それ以上はだめだと思うのっ」

「どうして？」

舐めていた彼が近くから見つめてくる。

眼鏡のない彼は、仕事人間で無害という印象がひっくり返った。妖艶で、意地悪で――色香漂う愉快さが隠し切れていない。

「僕はね、ジゼルに会えるまでずっと我慢し続けていたんだよ。大人になったジゼルを隅々まで知りたいな」

アリオンが指を絡めて手を握り、足同士をこすり合わせながらジゼルを組み敷いてきた。

（ひぇええぇ）

目の前には、艶っぽい空気をまとった眩《まぶ》しい美貌《びぼう》。

今にも鼻先がぶつかりそうな距離に、ジゼルはあの頃と体格も全て違っている彼に対して恥じらいを覚え、顔を赤らめた。

「そんな顔されたら、もうだめだよ」

「え……？」

「そうだな、夕食までまだ少し時間があるし――まずは求婚痣を見せて？」

アリオンが再び肩口に顔を埋めた。

（見ているんじゃなくて、舐めてるんでしょーが！）

そう頭の中では反論が浮かぶのに、声に出せない。身体をまさぐりながら舐める彼が、徐々に襟元を開いていくのを感じた。

「あっ……だから、だめだったらっ」

手に力を入れるものの、彼の手を握り返すだけで終わってしまう。彼に触れられるたび、力が抜けてぞくぞくとする感覚が止まらない。

「ふふっ、いい反応が嬉しいな。感じてるのかな？」

笑う吐息をもらし、アリオンが求婚痣を中心に舌でなぞった。

反論したく思うのに、いつの間にか服を肩近くまでめくられて求婚痣を歯でこすられ、ジゼルは腰がはねた。

「僕が贈った服を脱がせたら、どんなにいい気持ちだろう」

「あっ、だめっ」

肩にかかっていた服に手をかけられて訴えた。しかしぐいっと引き下ろされて、噛まれた方の肩が露《あら》わになった。

全部脱がされてはいないが、今にも胸の谷間が見えるんじゃないかと気になった。自由な方の手でシャツをかき寄せると、気付いてアリオンが見てくる。

「もしかして体勢がきつかったりする？」

そうじゃない、とジゼルは思った。

だが彼は返事も聞かず、体勢を変えるようにジゼルを横抱きにして足を絡めた。

「ちょっとアリオンッ」

「いいね、もっと僕の名前を呼んでよ」

後ろから求婚痣を愛撫《あいぶ》される。大きな手が全身をゆっくりと撫でてきて、ジゼルはびくびくっと背を震わせた。

「や、だ……だめ……っ」

「ジゼルの『だめ』は、『いい』の間違いでしょう?」

くすくす笑う声にぞくぞくと震えていると、今度は耳を甘噛みされた。

胸のふくらみをそっと撫でられた。そこにある柔らかさに微《かす》かに触れられている感触は、不思議な感覚があってジゼルは身震いする。

「良かった、いいんだね。そんなにいい顔見せられたら、止まれるわけがないよ」

どんな顔をしているのか分からない。だって、こんなこと初めてだ。

「その反応からすると違うとは思うけど、いちおうは聞いておくね。他に誰か、君に触った人はいないね?」

「い、いないっ、んん……っ」

「そっか。安心したよ。じゃあ、ここも、もちろん触らせたりしてないね?」

後ろから回ってきた男の手が、ジゼルの唇をなぞった。

　ただ指で触れられているだけなのに、ぞくんっと背に甘く疼《うず》くような感覚が走った。僅《わず》かに触れる力で撫でられるだけで、唇がじんっとする。

「ア、アリオン、手を離して」

「そう期待されたら、指以外の感触を教えたくなるな」

　期待なんてしていない。そう言おうとした時だった。

　先程出ていった執事が戻ってきて、開いた扉をこんこんと叩いた。

「旦那様、そろそろ夕食のご支度が整います」

「今、いいところなんだ。あとにして」

　アリオンが答え、続いてジゼルの求婚痣に甘噛みした。

「ひゃっ」

　びくんっとのけぞったジゼルを、彼が抱き締めて拘束する。

　人がいるのにまったく止まる気配がない。そのうえ、彼の手が下に降りるのを感じて、ジゼルは焦った。

　だが、執事は先程みたいに去らず、もう一度声をかけてくれた。

「ですが旦那様、ジゼル様は食べることが好きだとうかがっています。もう、すっかりお腹《なか》をすかしているかと。初めてのお仕事から戻られて、菓子もつまままず本を読まれていましたので」

するとアリオンがぴたりと止まってくれた。

それは使える！　と思ってジゼルは叫んだ。

「――わ、私、すごくお腹がすいたなーっ！」

助かりたい一心でそう叫んだが、幼い頃と同じ台詞を言うとかさすがに恥ずかしい。けれど、このままだと淑女としてアウトな経験をしそうな気がした。

ほぼ棒読みだったが、彼には執事の言葉より効果があったようだ。

アリオンがジゼルを起こして、乱れた衣装を直しながらにこっと笑いかけてくる。

「そっか。君、昔もよく食べていたよね。美味《おい》しいものをたくさん用意しているから、好きなだけ食べてね」

その顔に、直前までの色っぽさはない。

ジゼルは緊張が抜けて脱力した。彼がしたいように襟も閉じ直させていると、アリオンがくすくす笑った。

「こうしていると、昔に戻ったみたいだね。あの頃も、僕が君の襟元を整えてあげた」

それは、当時のジゼルは綺麗な衣装の着方が分からなかったからだ。

伯爵家嫡男の家庭教師として、見栄《みば》えのいい恰好をさせられた。窮屈だと蝶《ちょう》ネクタイを引っ張って執事に説教されたものだ。

そんなことを疲れ切った頭でのろのろ思い返していると、アリオンが忍び笑いをした。

あの頃の彼が重なって、ジゼルは自然と当時のように声をかける。

「なあに？」

「ふふっ、ジゼルはこういうこと、ほんとに初めてだったんだね。疲れてぼうっとしているジゼルも可愛いなぁ、と思って」

アリオンがそう言って、ジゼルの顔の横にちゅっとキスをした。

（……かわ、いい？）

そのうえ、キスをされてしまった。ジゼルはあの頃の彼からは想像もできない台詞に、思考回路が石になるのを感じた。

跡取り教育の仕方を、少し間違えたのではないだろうか。

（こういうのって、執着したおもちゃにするものじゃないんだけど……）

けれど、相手はアリオンだ。

疲れてしまったジゼルは、とにかく、とんでもない人に執着されたらしいことだけは分かった。

三章　局長秘書としても頑張りますっ

大きな窓から差し込むのは、新鮮な森の朝日。そして豪華で長い食卓には二人分の世話にしては多すぎる使用人が、ずらりと並んでいる。

（……こ、こんなに緊張する食事も慣れないわ）

ジゼルは今、出勤前の朝食をとっていた。

子爵家にいた頃《ころ》とは、比べものにならないくらい質のいい食事だ。起床と共に丁寧に世話をされ、服を着せられ、待つことがないよう、食事の時間ぴったりにダイニングルームへの移動を手伝われた。

この屋敷の主人であるアリオンは、長いテーブルの中央、彼女の向かいに座っていた。

彼はとても上品に食べている。誰《だれ》かと会うのも問題ない紳士服を着こなし、眼鏡《めがね》姿もさまになっていて多くの使用人を従えるに相応《ふさわ》しい。

（私はこんなにすごい待遇を受けていいはずがないのだけれど……）

ジゼルは、伯爵家嫡男で局長という彼と自分を比べてしまう。元家庭教師で、今は彼に雇われた新米の部下だ。

「食事が進んでいないね。嫌いな食べ物でもあった？」

彼の綺麗《きれい》な目がこちらを向いて、ジゼルはどきりとする。

「う、ううんっ、全部食べられるものよ」

「そうだよね、君が苦手なものは全《すべ》て頭に入れてあるから」

甘い微笑、という印象がジゼルの中で一気に一転する。

「僕は君がだめな調味料も全て把握している。一切入れるなと指示してあるから、もしコックの認識違いで嫌いなものが入っていたりしたら言って。クビにするから」

(ひえぇぇ……相変わらず容赦がない！)

取り扱い注意だ。片手にナイフを持っているせいか、にっこりと笑いかける彼からは危険な香りしか感じなくなった。

彼女の対応一つで、使用人が職を失うことになる。

この屋敷の使用人のレベルが非常に高いことは、今日まで過ごして感じていた。自分こそ気を付けなければと思って、ジゼルはごくりと唾を飲んだ。

「えーと……クビにするのはなしでいきましょう。うん。私、初日からそれはもうとても親切にされているし、一人でもいなくなったら私が寂しいというかっ」

控えている使用人達が運命でも受け入れているみたいに大人《おとな》しすぎて、ジゼルは気になって必死にそう保険をかけた。

「ジゼルがそう言うのなら、いいよ」

アリオンが、にこっと笑って頷《うなず》いた。

ああ、この『自分のおもちゃ』という執着は、いつ飽きがくるの――それはジゼルが十年前に何も言わず出ていってしまったせいなのだけれど、早くどうにかできないかなと密《ひそ》かに考えてしまった。

あの日、屋敷に置いて面倒を見てくれた彼の伯爵家にも恩を返したい。

アリオンの我儘《わがまま》で、絶対に婚約には頷いてはならないとジゼルは強く思った。

◆

とはいえ、まずは仕事を覚えて所員として役に立てるよう奮闘するのが先だ。

本日から、アリオンが執務室にいる時間に秘書としての仕事が始まった。手伝えない場合には事務課に行き、計算や書類仕分けなどの作業を手伝う予定だ。

アリオンの書類業務は、手伝ってみると知っている形式も多くて、構えていたような難しさはなかった。そうアリオンに伝えたら、

「君くらいだろうね」

そう言ってなぜだか笑っていた。

この調子でその後もスムーズに――と思っていたのだが、彼の会議時間が来て執務室を出て

早速、ジゼルは困ったことになった。

「……あの、離れてくれないかしら」

「どうして？」

執務室から出たところで、ジゼルはアリオンの両手で壁に囲い込まれていた。

彼は、これから一階で外部の人も交えて会議の予定がある。それはジゼルには手伝えない業務なので同行は無しだ。

「その、私は今から事務課に行くから……」

「仕事に行く君の姿をじっくり見ていたくて。いいね、参考書を片手に抱えていたのを思い出すよ」

ジゼルは両手に事務処理のマニュアルや、仕事を覚えるためのメモ用ノートを抱いていた。

懐かしい時分を思い出したが、アリオンが全身に熱い眼差《まなざ》しを注いでくるので落ち着かず頬《ほお》が熱くなってきた。

仕事を妨害されて、大変困る。

アリオンは後ろを通っていく廊下の人達の視線もお構いなしだ。

彼の方はやるべきことが多い。机の脇《わき》に置かれた例の書類の山も増えていた。

ジゼルも大変気にして見ていたのだが、机の上の書類をゼロにしたところで時間がきて、結局アリオンが手を付けられるタイミングはなかった。

「ねぇジゼル、覚えてる？　僕の勉強部屋でのこと」

「え？　覚えているけど、――って、今は関係ないでしょう！」

こうなったら力ずくで彼を会議へ向かわせよう。やんちゃはしないと決めていたことを早々に破ろうと思った時だった。

「アリオン様っ、お・は・よ・う・ご・ざ・い・ま・あ・あ・あ・あ・す・っ！」

わざとらしいくらい大きな声を響かせて、ネイトが二人の間に割り込んできた。アリオンにぶつかると、腕を掴《つか》んで掻《か》っ攫《さら》う。

「さっ、仕事に行きますよ！」

なんとも慣れた、流れるような連行だった。

頼もしいと思ってジゼルは感心したのだが、居合わせた所員達が「よくやった付き人」と有難そうに合掌《がっしょう》して見送る姿に気が抜けた。


いったんアリオンと別れたあと、二階の図書館で事務課の仕事にあたった。

開始して早々――なぜかジゼルのいる事務テーブルがざわついた。

「すごい、昨日教えた範囲の書類処理は全部クリアだ……」

「局長が『大丈夫だ』と言っていたけど、これ、贔屓目《ひいきめ》じゃなくてマジかも。速い……」

「俺《おれ》、まだ半分なんだけど？」

ジゼルは、彼らの驚きがよく分からなかった。

「他《ほか》に何かお手伝いできることはありますか？」

「ええ、そうですわねっ。わたくし、次の作業をさせてみたくなりましたわ！」

「俺も賛成です！　久々の大型新人っ、めっちゃ戦力になる予感がします！」

それからも事務課長のアビーやみんなが引き続き積極的に教えてくれて、ジゼルはなんて優しい人達なんだろうと思った。

どんどん彼女の机の『済み』ボックスに溜《た》まっていく書類の引き取りに追われた受付課の男性の所員が「うわ、うわあああああっ」と妙な悲鳴を上げていた。

アリオンと合流したのは、事務課と受付課の人達と一階の食堂で昼食を済ませてしばらく経《た》った頃だった。

一階の方の図書館へ行くというので、ジゼルは筆記道具を事務課に預けて彼に同行した。

「仲良くなったみたいだね。食堂が賑《にぎ》やかだったと部下が言っていたよ」

「なんだか有り難られていたような……？」

「くくっ、そうだろうね。ま、欲しがられても事務課にはあげないけどね」

能力を買われているようにも聞こえて、どきどきしてしまった。

「待ち合わせてくれれば私から一階に行ったのに」

勘違いしてはいけないと思い、ジゼルは話を変えることにした。

「それもいつかしてみたいけど、今は迎えたい気分なんだ」

アリオンがにっこり笑った。眼鏡のせいなのか、いい人そうな美しい笑顔はずるい。

なんで彼は、こんなにもいい男になってしまったのか。ジゼルがぱっと視線を逃がすと、アリオンが静かに眼鏡の真ん中を指で押し上げた。

「――まだ僕の方が自信がないせいか」

「え？」

何か聞こえた気がしたが、ちょうど一階で運搬車ががらがらと移動する音が重なって、聞き取れなかった。

「よく聞こえなかったわ」

「聞こえないと思ったから、言った」

「何よそれ」

むぅっと軽く睨《にら》むと、アリオンが見下ろしてジゼルの顔を覗《のぞ》き込んできた。

「ねぇ、ジゼル。大人になった僕は、君に合格点を出される男になったかな」

それは、いったいどういう意味なのか。

唐突な質問でジゼルは意図を考える。だがその矢先、彼が首を軽く振った。

「いや、やっぱりいいや」

視線を戻したアリオンが、静かな微笑《ほほえ》みを口元に浮かべた。

その落ち着いた横顔は大人の男性のもので、ジゼルは心が凪《な》ぐのを感じた。自分から話題を切り上げた彼に気軽に質問できなかった。

――十年は、とても長くて遠いな、と思った。

ジゼルは両親に引き取られて、この十年穏やかな生活を送っていた。

たっぷり愛されて、笑顔が絶えなくて。でも……満ち足りた毎日だったのに、アリオンの屋敷での日々が何度だって思い出された。

あの頃はジゼルの方が少し背も高くて、ほんの少し彼より利口だった。

（今は……何もかも、負けちゃった）

並んで歩く彼の肩は、あの頃よりもずっと高い位置にあった。次期伯爵と子爵令嬢、その大きな身分差をジゼルは重ねてしまった。

階段を下り、一階にある例の巨大倉庫のような図書館に向かった。

そこは壁一面の本棚が高い天井まで伸びていて、いつ見ても圧巻だった。あらゆる大きさの棚がずらりと並び、古い壺《つぼ》から甲冑《かっちゅう》までそこにはある。

物品がまず運び込まれる場所ということもあって、出土物から慎重に埃《ほこり》を払う者達や、文献を片手に調べている者達の姿もあった。

「アリオンもここで作業することがあるのね」

「出庫要請の申請書を確認して、問題がなければ印を押して所員に渡す。彼らが速《すみ》やかに物品の確保に向かってその後の対応を進める」

「ふうん？　でも、それってアリオンが目を通す必要があるものなの？」

ジゼルは執務室の書類の山を思い出してしまう。

「僕がやらないと一日で出庫は不可だからね。ここにあるものは、どれもとても貴重なものだから」

どういうことなのか、と尋ねようとした直前、アリオンが足を止めて小さく息を吐く。

「君に集中していたいのに……」

仕事をしたくないような発言に口元がひくっとする。

ジゼルが来たせいで彼が仕事をしなくなった、なんてことになったら彼女自身がとても気まずい。

その時、運搬車をがらがらと押していた男性所員が笑って声を掛けてくる。

「局長、ジゼルさんが希望されているので仕事をさせてあげると決めたでしょー。きちんと指導してあげないと、職場に慣れづらくて可哀《かわい》そうですよ」

「え？」

ジゼルが思わず目を向けたら、アリオンは顔をそらしてしまう。

（もしかして、私が仕事をしたい気持ちもちゃんと汲《く》んでくれて……？）

珍しく視線を合わせずだんまりしているのを見て、ジゼルはきっとそうだと取った。

今のアリオンは立派な大人だ。これまでもジゼルを買っているような発言もしていたが、あれは彼の贔屓目の感想ではなかったのだ。

彼もさすがに仕事を滞らせるような人事や採用はしないはず。

アリオンは彼女の素質も買って、秘書にした。

(――くすぐったいくらい、嬉《うれ》しいわ)

つい口元が緩んだ。だって、こんな贔屓な採用はだめだと思っているのに、ジゼルがノートも持ち歩いて、早く仕事を覚えようとしているのは〝彼のために頑張りたい〟という思いからだったから。

アリオンが今のジゼルのことも理解してくれたうえで置いているというのなら、ますます頑張りたい気持ちが湧《わ》いた。

「ジゼルさんは、局長のこっちの仕事を見るのは初めてみたいですね」

「え？　ああ、そうです」

「局長があなたに説明した言葉は何一つ間違っていないですよ。僕らが頼りにしているのは、彼の頭に入っている正確な情報なんです」

「ん……？　頭？」

「はい。局長はこの管理局の膨大な情報を間違いなく全て頭に入れている唯一の人で、しまわれている保管物の情報も全て、一目で頭の中から引っ張り出せてしまえる異才の持ち主なんですよ。前局長でもできなかった芸当です」

　正確に全部覚えている、ということにジゼルはぽかんと口を開けてしまった。

　通常、出庫は申請を受けてから確認まで時間がかかる。数人がかりで資料を引っ張り出して情報の照らし合わせを行っていく。

　アリオンが最高管理責任者として入ることで、時間が大幅に短縮できる。所員の方で確認したとしても、最終的に彼のサインが必要なので局長としての仕事も短縮できて一石二鳥なのだと、その男性所員は教えてくれた。

「それは――入局した当時から、大変重宝されたでしょうね」

「ひっぱりだこだった、とは聞いてますよ。前局長があっちへこっちへと引っ張り回して専属の課がなかったとか」

「僕が一度目にしたものを忘れない性質《たち》なだけだよ。副産物みたいなものかな。――子供だった僕を社交界で批判した連中を、何年かかろうが最悪の状況で吊《つ》るし上げようと思って、成人してからトドメを刺したのはすっきりした」

　蛇の恨みと執念……と男性が呟《つぶや》くのを聞いて、ジゼルもそう想像した。

　その時、向こうのテーブルから女性所員が手を振ってきた。

　そこに用意されている三つの書類の束を見て、彼女はハタとして、アリオンの止まっていた足を進めさせた。

「と、とにかく仕事してきてっ」

アリオンは途端にまだ一緒にいたがる空気を出した。なのでジゼルは、あの頃みたいに彼の背を押して無理やりテーブルまで連れていった。

「ジゼルさん心強いですわ」

「ほんとだよ、さすが局長が求愛中の幼馴染《おさななじみ》」

周りからそう賛辞を贈られたが、ジゼルはがっくりした。

獣人族の求愛をされている、と認識されているせいでもあるだろう。しかしながら、それが彼特有の執着だと説明するのは難しい。

（まぁ、彼が飽きればその空気も察してくれる、か）

ひとまず気を取り直すことにした。今は、採用された一所員として役に立つことに集中しよう。アリオンの顔に泥を塗らないように頑張るのだ。

そう考え行動を開始したジゼルは、早速各部署から回って来た書類の仕分け組に加わった。一時保管庫の役割もあるため、行政からの書類関係も多い。

「ブルーの箱、終わりました」

ジゼルは運搬車を駆け足で押しながら戻った。気付いた男性所員が「おっ、早いね」と言って、新しい荷物を載せるためにそれを受け取る。

「ああ、ジゼルさん、ちょうどよかったわ。一人が別件で助っ人に出てしまって——量があるけれど、こちらの運搬車も頼まれてくれる？」

司令塔役をこなしている女性所員が、周りに置かれている運搬車の一つを手で示した。

「積まれている段ボールは追加分よ。税務官が取りに来たら渡すものだから、名前順にＢ４５６の棚にお願い」

「はい！　任せてください！」

それは領地からの経営報告書で、審査が通って確定した原本だ。王都にある城に集められるまでの間、それもここで預かる。

保管状況が国内でもっとも素晴らしいからだ。

せっかく仕上げた書類のインクが滲《にじ》んでだめになってしまうことがないよう、日々所員達が保管環境の保全にも尽力《じんりょく》している。

「Ｂ４５６、っと」

走らないと時間が足りないくらい広い。ジゼルは駆け足で運搬車を押す。

本以外の棚もたくさんあるものだから、巨大な棚群の間に入ると、入り口からの印象とがらりと変わって本当に保管庫という感じだ。

ジゼルは位置関係、そして数字を覚えるのも得意だ。運搬車を駆け足で押しつつ、段ボール箱の中身をどんどん棚にしまっていく。

だが、そんな彼女でもどうにもならないことはある。

税務官用の書類の束をしまう棚を見付けたが、収納する何個目かのファイルに手を伸ばしたところ、指も届かなかった。

「これは……また、梯子《はしご》かなぁ」

約三メートルはある棚は、いたるところに設けられている梯子を利用する。

まだ移動用の梯子の使い方に慣れていないジゼルは、位置を変えるだけでも手間取った。時間がかかることを考えるとできれば使いたくない。

しかし、そこは仕事だ。慣れるためにも梯子を捜し、二個向こうの棚にあったそれへ駆け寄って両手をかけた――が、やはり動かない。

(加減がどうとか言ってたけど、分からないっ)

敷かれたレールに滑らせるようにして目的の場所まで持っていくのだが、ジゼルが押すと急に鉛みたいに梯子が重くなるのだ。

苦戦しているところを、運搬車を押していた男性所員が気付いた。

「あれ、ジゼルさんまた難航してる？　まぁ上の図書館の梯子よりも長いし、俺の方で移動しようか？」

「人にされては意味がないので、助けは不要です」

「うわー、たくましいー」

ジゼルは自分の運搬車に向かって、どうにかこうにか梯子を押していく。

がりがりがり、とレールに引っ掛かるような音が響いて、男性所員だけでなく居合わせた他の者達も「うわー」と言った。

「相変わらず力業《ちからわざ》ねぇ」

「お嬢様と聞いて身構えていたけど、よく働くし力任せなのも一生懸命さがあっていいよな」

「意外と雑、だったりするのかな……?」

令嬢とは程遠い褒め言葉も聞こえてきたが、ジゼルはへっちゃらだ。

(ふっ、どうせ私は力任せよ。なんとでも言ってくれていいわっ)

どうせアリオンから野生児だっただの、塀を飛び越えてきた女の子だっただの聞かされている者達もいるはず。気にしたら負けだ。

いつか慣れることを願いつつ、梯子を最後まで移動しきった。

もうそれだけで疲れてしまったが、箱から書類を取り出しては梯子に上り、番号通りのファイルへと収納していく。

「あ――これ、右に四歩分の移動だわ」

列がずれているのを見て、ちょっと溜息《ためいき》がもれる。

とにかく梯子を動かそう。そう考えて、書類をいったん箱に戻そうとした時だった。

「そのまま持ってて」

「へ……?　うわっ」

次の瞬間、足が宙に浮いて色気のない声が出た。いつの間に来たのか、アリオンが後ろから抱き上げている。

「ちょ、ちょっと仕事はどうしたのよっ」

目が合った途端、彼の眼鏡の向こうにある獣目がにこっと笑う。

「梯子を使うと聞こえたから、いつもの倍のスピードで進めていったんこっちに来た。まだ作業が残っていてよかったよ」

よくない。どうして来るのか。

獣人族は聴覚も人族よりいいことを思い出しつつ、ジゼルはむぅっと彼を睨む。

「私、一人だってできるのに」

「梯子が君のために活躍するのが、僕は面白くない」

「……もしかして、それが理由で来たの？　梯子にも嫉妬《しっと》するわけ？」

「もちろん」

冗談で言ったのに、笑顔のままますぐ返事があって反応に困った。

「さ、しまって」

アリオンに促され、ジゼルはつられて棚へ顔を向けた。少し熱くなった頬を冷ますためにも作業に取り掛かる。

けれど女子としては、やはり自分を持ち上げ続けている男が気になった。

「………重くない？」

ちらりと目を向けると「全然？」と言って彼が笑った。

「このまま上の棚の分はやってしまおうか、その方が早い」

アリオンが片手でジゼルを抱き直した。平気で箱を漁《あさ》って上に収納する書類を引っ張り出す様子を見て、ジゼルはぽかんと口を開けてしまった。

「はい」

「あ、ありがとう……」

彼に書類の束を手渡され、戸惑いつつも受け取って、しまいにかかる。

彼は、次の書類もそうやってジゼルに渡してきた。支える腕は安定していて、不安はない。そのせいでかえってジゼルはむずむずした。

「これは56号の2。そっちのファイルだ」

彼は全部覚えているらしい。今度は彼がジゼルに教えていることも――なんだか変な感じで彼女はそわそわしてしまった。

アリオンとの作業はスムーズで、あっという間に上の段のものを全てしまい終えられた。

梯子で時間がかかっていたのが嘘《うそ》みたいだと感動している間にも、丁寧な動作で床に下ろされる。

「えっと、手伝ってくれてありがとうっ。とても早く終わったわ」

「どういたしまして」

落ち着いた美しい笑みに目を奪われた。

けれど大人になった彼を上目遣いで見つめていたジゼルは、間もなく、アリオンの唇がいつもの感じで引き上がっているのを見てハタと我に返る。

「見惚《みと》れた？」

言い当てられて心臓がはねた。

アリオンが眼鏡を外し、ジャケットの胸ポケットにしまいながら距離を詰めてくる。嫌な予感がしてジゼルは下がった。

すると彼が腕を掴まえて本棚に押さえ付け、ついでに足も割り入れて動けなくした。

「ちょっ、なんでスイッチが入ったみたいに迫ってくるの⁉」

「いい反応されたら『イイのかな？』て思うものだよ」

「何が『イイ』なの⁉」

ジゼルが言い返した途端、アリオンが艶《つや》っぽい笑みを浮かべた。

――あ、まずい。

まるで捕食者だ。そう感じてジゼルが本棚に後頭部を押し付けたら、彼が顔を近付けて首元へ吐息を吹きかけた。

「知りたい？」

手を押さえ付けているアリオンの指が、手の間をあやしくこすりつけてくる。

「……し、知りたくない、です」

ジゼルは、棚の向こうに行き来する所員達を見た。こんなに人がいるのにスイッチが入るとかおかしい。

見られるのは大変恥ずかしいが、誰でもいいのでとにかく助けて欲しい。

「だめだよ、ジゼルは僕を見てくれなきゃ」

アリオンがジゼルの喉《のど》に甘噛《あまが》みした。

一気に意識を戻されて、ジゼルはひくんっと喉を鳴らした。力が入った彼女の手を、彼は棚に押さえ付けて続いて悠々と舐《な》める。

「ジゼルの白い肌は、甘くて美味《おい》しいね。ずっと舐めていられそう。結婚したら、毎日こうしてずっと一緒にいても咎《とが》められないのに」

彼の舌が、絡みつく執着のように感じて震える。

すると、あろうことか彼の舌は首筋を滑り降り、襟《えり》の内側にある求婚痣《あざ》の端を触ろうとしてくすぐり出してきた。

「待って待ってっ、ここ職場よねっ？」

「職場じゃなかったらいいの？　それなら、このまま僕の部屋に行こうか？」

妖艶な笑みで唇を舐めた彼に、ジゼルはぞわっと警戒心を覚えた。

（絶っっっ対に、嫌！）

何をされるか分かったものではない。

誰か、子供心の好奇心をこじれさせ、お気に入りのおもちゃの反応を楽しんで触りたがってくる鬼畜をどうにかして欲しい。

そうしくしく思った時、ようやくネイトが駆け付けてくれた。

「アリオン様失礼しまぁぁああああす！」

渡り鳥かと思うくらいの速度で黒い影が突っ込んできて、ジゼルの目の前からアリオンが消えた。

いや、大の大人の男性が二人、床に転がった。

どうやら所員達は「自分達では無理」と早々に判断し、誰かが使いに出てネイトを召喚してくれたようだ。随分慣れている。

ジゼルも助かったと思って、周りの所員達と同じく合掌してしまった。

ネイトは今度は逃げることにしたようだが、猛然と走っていったアリオンから逃げられるとは到底思えない。

（私のせいで余計に忙しくしてごめんなさい……）

恩返しのごとく、彼のためにできることがあればいいのにと、日に日にジゼルは思いを募らせてもいた。

◆

忙しすぎるネイトと一対一で顔を合わせる機会は、案外早く訪れた。

その翌日、昼食休憩のあとジゼルはアリオンが戻っているか執務室を確認した。

「……あら？」

彼の執務机に座っていたのはネイトだった。そこには書類の山があり、彼は数字を計算し、資料と照らし合わせて記入し、をせっせと繰り返していた。

「ネイトさん？」

猛然とこなしていく気迫に、恐る恐る声を掛けた途端——彼の表情が決壊した。

「うううっ、ふぐっ、ジゼルさんんんんぅ」

「ど、どうしたんですか？　アリオンがいないのになぜネイトさんがここに」

慌てて扉を閉めて向かうと、彼が袖で目元をごしごしこする。

「アリオン様の書類が山になっていると毎度僕が『頑張れ』で放り込まれるわけです。アリオン様の溜まった書類の責任は僕の責任でもあるんですぅ……」

「相変わらず聞いているだけで悲しい……」

ネイトはアリオンのスケジュール管理だけでなく、彼が不在の執務席に座って書類を片付けることもしているようだ。それもあって忙しいのだろう。

「他に手伝える方はいないんですか？」

「今、僕がやっているものができるのは受付課の課長くらいですね……とにかく全部複雑すぎて難解なので、みんな、もう、なんというか、こういうものになると途端に『任せた』で僕が一任されます」

ほろりとネイトが言う。

可哀そう、という感想が真っ先にジゼルの頭に浮かんだ。いったい彼がやっているのはどんな書類処理なんだろうと思って覗き込む。

「あら。今やっているのって、集計して統計に直している感じ？　それくらいなら手伝えそう」

「えっ、できるんですか⁉」

ジゼルは、びゅんっと顔を上げたネイトの驚きようを不思議に思いながら、頷く。

「はい。父を手伝う兄の真似《まね》をして勉強もしました。この計算方式も頭に入れて、実際二年くらい父の書斎で兄と実務に入っていました」

「……えーと、もしかしてなんですけど、こっちの書類もできると……？」

ネイトが、いくつかの書類を恐る恐る見せてきた。ジゼルはじっと見て、それから頷く。

「ええ、それくらいならできるわよ」

「待って。ジゼルさんの『それくらい』のレベルが分からなくなってきました」

その時、ノック音がして「ネイトいるかー？」と言って扉が開いた。

「すまんが、これ追加だ――あ、ジゼルさん」

それは事務課の男性所員だった。

「局長ならまだ戻らないんじゃないかな。ついでに外の手続き関係の仕事する可能性がある時とか、ここにネイトを置いていくから」

「そうなんですね」

「というかネイト、悲惨な光景だなぁ……こっちの書類の方を今日中で仕上げられないかって、アビー課長から伝言があったよ」

「この状況でそれ言う⁉　鬼ですかあなたは⁉」

ジゼルが知らないところで、ネイトはみんなから頼られているようだ。

どんな難しいものをアビーは回してきたのか気になって、ジゼルはぎゃーぎゃー言い合いだした男達の間を移動し、男性所員が抱えている書類を見た。

「ああ、これは毎月の申告但し書きへの直しと統計の叩《たた》き出しですね。これも私、できますよ」

「え」

「分かる、さっき僕もそういう反応しました」

「こちらはアビー課長が急ぎだとおっしゃっていたんですか？　事務課より今はこっちに入った方がいいのなら、ネイトさんのところを手伝ってもいいでしょうか？」

彼と顔を見合わせたネイトが、視線を戻して真顔で頷いた。

「それなら、早速試しで入っていただけますか」

というわけで、ひとまずジゼルは今ネイトがやっている書類処理をしてみることになった。

男性所員がネイトから書類の束を半分受け取り、ジゼルの秘書席に移動して、必要な筆記道具も全ててきぱきと用意する。

「私、自分で準備くらいできますのに」

「いやいやっ、その話がマジだったら専念してもらいたいし!?」

何やら興奮している様子で、彼は「アビー課長に報告してくる！」と言って、慌ただしく出ていった。

二人での作業が始まり、しばらく時計の秒針が動く音が室内に続いた。

「よし。できたわ」

「え、嘘でしょ？」

ネイトがぷんっと顔を向ける。

「嘘ではないのだけれど。私、計算は得意なの」

「計算が得意と一言で片付けられるものじゃない……」

「確認してもらってもいい？　私の知っているものと違っていたらごめんなさい」

「あっ、はい」

書類を受け取り、彼があせあせと目を通していく。

彼は書面の美しい仕上がりを見てじっと固まってしまった。そして、急に真剣な顔をして、ジゼルへ身体《からだ》ごと向けた。

「ジゼルさん、これからどうぞよろしくお願いします。今は追加分の書類も一緒にやってくれると非常に助かります」

力になれるみたいだと分かって、ジゼルはほっとした。

幼少期にアリオンのために揃《そろ》えられたハイレベルな家庭教師陣に指導され、学生時代から実家の書類仕事をしていた彼女は高度な技術という認識がなかった。


そういうわけで、その日からジゼルの新たな仕事日程が加わった。

ネイトは、不在なことも多いアリオンの書類業務のうち、彼でも可能なものが溜まれば代理確認と処理を行っている。

だが毎月十日間、やけに書類が集中する期間が訪れるという。

それがズレたら通常業務がパンクして大変なことになる。十日間にやってくる種類の書類は、できるだけその期間内に終わらせなければ地獄を見る。

それが昨日から始まっていて、ネイトは時間を見付けてはひたすら書類業務をこなす過酷なスケジュールになっていたようだ。

今日も午後に局長が不在となった執務室で、書類を必死に片付けるネイトのかたわらにはジゼルの姿もあった。

「ほんと、ジゼルさんはお仕事が早くて大型新人ですわね……わたくしの補佐に欲しいわ」

「アビー課長、武者震いをこらえてください。それ絶対局長に却下されますよ」

この十日間は各課が協力し、小刻みに足を運んで仕上がった書類を持っていく。

ネイトがいる間は執務室への訪問者も多かった。アビーに次いで顔を出す回数が多い受付の課長ロバートも、ジゼルの仕事ぶりには感心していた。

「筆記も実に綺麗で読みやすいですね。……うちに欲しいなぁ」

「ロバート課長やめてください、それアビー課長も言ってましたけど僕は全力で止めますからね!?」

「希望を口にしただけで、実際には無理でしょうね。各課に縛り付けるのはもったいない人材です。業務利益から考えても、局長秘書がもっとも相応しいかと」

――相応しい。

そう耳にしたジゼルは、照れてしまった。

やはりアリオンは能力面も見てくれて秘書に採用したのだろう。秘書という立ち位置であれば、こういう時の行動の自由も利くとは実感した。

「おや、ジゼルさんも恥ずかしがるんですね」

「お、お褒めの言葉、感謝いたします……その、必要とされるのが嬉しくて」

きょとんとして彼女を見たネイトが、ふっと破顔した。ロバートも珍しく口元を緩めて、品のいい仕草でそっと隠す。

「意外な才能をお持ちでありながら、実に謙虚な方ですね」

「僕、もっとジゼルさんのこと好きになりました！　いたっ」

「君の場合は、もう少し言葉を選ぶことを覚えましょう」

ネイトはロバートに軽い拳骨《げんこつ》をもらい、そんなことを指導されていた。

ジゼルは役に立てて嬉しかった。家庭教師だった頃、人族貴族からアリオンのそばに必要ない人間だと言われたことが傷になっていた。

それが今、ここにいるみんなが一人ずつ『必要な人間なんだよ』『頑張れ』とジゼルの背中を押してくれている。

（頑張りたい。ここで――ずっと、働けないかしら）

ジゼルは充実感と共に、そんな希望のようなきらきらとした思いを抱いた。

◆

「しっかし、局長も偉いっスよね」

一階の会議室で、派遣の話し合いを終えて各部署が早々に退出していったところで、加わっていた武装輸送課の所員がふと言った。

「突然、なんだ」

「いえ、局長がずっと言っていた『ジゼルさん』、結構活躍して彼女のところにたくさんの人が出入りしているじゃないですか。局長的に独占したいんじゃないのかなー、と、当初印象を抱いていて」

会議室にまだ残っている武装輸送課の者達も、確かにとアリオンを見る。

「ネイトから『ヤバイ』とか聞いたんですけど、思っていたより自由にさせてますよね」

「きちんと希望通り彼女に仕事もさせているみたいだし、優しいです」

「やっぱり恋した女性には、仕事中毒で鬼畜な局長も人が変わ――ふげっ」

発言した途端、その所員の顔面にノートの角がめり込んだ。

「うわ、これは痛い……」

ざわつく場で、アリオンは淡々と言う。

「いつか見つけ出せたら、噛んでやろうとずっと思っていた」

「え」

「でも、彼女が屋敷を出ていったことをよくよく考えて、思ったんだ。彼女は〝外〟から来た。屋敷のあの〝囲い〟は狭くて窮屈だっただろう、と」

「……ん？」

話が不穏になってきた。

武装輸送課の若手達の表情が凍り始める。

「それ、ネイトにも話してます……？」

「知ってるよ。僕はそもそもこの環境を手に入れるために管理局へ入ろうと決めたんだ」

アリオンは続いてある外出日程のため、次の資料も入った鞄《かばん》の中身を確認しながら、世間話のように話す。

「住居に、職場に、窮屈感を覚えない大きな敷地と自然。彼女が逃げる気を起こさないほどよく〝自由〟を与える箱庭――ここは最高の条件が揃っていた。だから僕は局長の地位を目指すことにした」

立ち上がったアリオンは、部下達を見てにこっと美しく笑いかけた。

「彼女はここを気に入って仕事にもやり甲斐《がい》を覚えてくれているだろう？」

「……えーと、だからネイトの方を好きに手伝わせて……？」

「そうだよ。逃げられたら困る。彼女を見付けても僕は決して怒らないと決めた、優しくして、甘やかして、十年の歳月の戸惑いも彼女には早急に溶かしてもらいたい」

じゃあまたあとで、と言ってアリオンは鞄を持って会議室をあとにする。

後ろから「恐ろしい！」という叫びが大音量で上がったので、そちらに関してはあとで注意しようと思った。

何せ彼は、今、機嫌がいい。

(僕は〝彼女好み〟に成長したみたいだ)

そして彼女は、今も変わらず、アリオンのことだけを想《おも》っている。

だから、ジゼルが他の男と楽しそうに会話をしようと許した。彼女がここで認められるのは必要なことだったし、何より彼女がやり甲斐を覚えて逃げることなんて考えられなくさせるのも、目的の一つだったから。

『――大人になるその瞬間には、隣にいて』

拙いプロポーズは、やはり彼女には伝わっていなかったみたいだ。異性に対する熱であるとジゼルは分からなかったのだろう。

あの日、塀を乗り越えて降り立った少女。

肌の色も気にせず彼自身を真っすぐ見てくれた彼女は、いつしかアリオンの光になった。

大人になったら、求愛行動ができる。

ならばその時が来たら、惜しみなく全部出そうと思っていた。

恋も知らないジゼルに戸惑われて、妙に距離を置かれるのは我慢ならなかった。だから待つことにした。

「……その前に、逃げられたんだよなぁ」

歩きながら、余っている方の手で唇を撫《な》でつつ、つい呟いた。

ひんやりとした低い美声を聞いた近くの男性達が、事情も分からないまま「ひぇ」と身を竦《すく》めていた。

アリオンは、一緒にいるのがいいと望んでくれたジゼルが、もっと自分から離れられなくなればいいと思っていた。

だから、彼女が出ていったことを知った時の激情も、それからの想いも全て腹の底に抑え込んだ。

ひたすら優しい顔で、彼女が自分からこの腕の中に落ちてくる瞬間まで、待つ。

──けれどそれは、自信がなくて慎重になっていることも関わっていた。

(僕は……彼女が望んでいた立派な大人になれただろうか)

彼女が望む大人の男性、とやらになれたのか彼は自信がない。

不安なのだ。アリオンと違って彼女は、誰でも選べる。

(でも僕には彼女しかいない)

失ったことに生き甲斐をなくし、何年探しても見つからないことに絶望し、そして自棄にもなった。

今の自分は、はたして立派だと言えるのか？

仕事中毒だのなんだのと言われたのは、自暴自棄になっていたせいだ。

ジゼルが聞いたら失望されないか。アリオンは彼女に『頼もしい』と言ってもらえる自信がなかった。

好きだから、落ち着かなくて色々と考えてしまうのかもしれない。

彼女がアリオンを選んで、そばにいたいと信頼してくれたのなら——自分はなんだってしてやれるのにとアリオンは思った。

◆

その翌日も、ジゼルはネイトとの仕事に励んだ。

たびたび書類を引き取りに来る所員達の対応をしながら、書類処理の作業を進めつつ、ずっとここで働くことを考える。

いずれアリオンが爵位を継ぎ、局長職を卒業していくまでをここで見届ける。

(でも……そのためには、今の問題も解決しないといけないわよね)

いまだ、アリオンはジゼルと結婚するつもりでいる。

執着もそのうち薄れるだろうと思っていたのだが、昨日も夕食時間まで彼はジゼルにべったりだった。

鬼畜だと分かっているのに、素直さが可愛《かわい》くて、困った。

そこはあの頃と何も変わっていなくて、ジゼルは彼にねだられて思い出話に付き合ったのだ。

(私は……アリオンに悲しい顔はさせたくない。つらい顔を見るのも、嫌)

この求婚自体が間違っていると教えるには、どうしたらいいのか。

そう悩んでいた時、扉から見慣れない私服姿の男達が顔を覗かせた。

「おぉ……ネイトのところに本当に『ジゼルさん』がいる……」

全員、獣人族だった。彼らはジゼルと目が合うと、扉を盾にするように掴んだまま動かなくなった。

「あの、どちら様ですか……?」

制服でないことにジゼルが戸惑っていると、ネイトが答えた。

「彼らが武装輸送課ですよ」

そういえば初日に、アリオンのところでも聞いた課だ。思えば建物内で彼らの部署を見ていない。

「おいコラ、鳥。俺らがどうしようか悩んでいるそばから、さらっと教えるんじゃねぇよ」

「え？　皆さんそんなシャイじゃないでしょ。むしろ図太――うぐっ」

ひゅんっと飛んできたペンが、くるくる回りながら見事ネイトの額に当たった。

「まぁ、短い時間なら大丈夫かな……？」

彼らが何やら囁《ささや》き合い、うんと頷いて入室してきた。緊張気味にジゼルへ言う。

「えーと、俺らは書類を取りに来たんだ。一階の受付課に戻しの書類を預かっていないか聞いたら、忙しくて二階のネイトの方で仕上げを任せているって聞いて……」

「ということは、普段から一般の書類もこちらでやりとりを？」

「俺らの部署は館外で、書類処理用の場も設けられていないんです。報告書を、きちんと記録用に書き直してもらうこともお願いしています」

そういう細かいことは苦手なのだと、彼らは苦笑交じりに言った。

ジゼルは不思議に思った。するとネイトが教える。

「武装輸送課は採用方法と基準が違うんです。国家職ではありますが、採用資格は傭兵《ようへい》もしくは護衛実務経験五年以上の実績です」

「えっ、そうなんですか？」

「運ぶ物品がかなり貴重なもんで、護衛が必要なんです。そこでつくのが、俺ら用心棒ってわけですよ」

なるほど、とジゼルは納得する。その隣のアリオンの執務机で、ネイトが仕上げた書類の中から探し出して一人に手渡していた。

「まっ、俺らの主な任務は遺跡への同行とか搬出なんですけどね」

「遺跡……？」

「うちの課は正式に創立してまだ十年は経っていませんが、〝まずいタイプの遺跡〟のプロだと国家認定されて協力要請が来るんです」

その時、待っていた男の一人が彼の耳を引っ張った。

「お前ちょっとしゃべりすぎっ、あんまりいるのまずいだろ」

「あ……」

ようやく気付いたといった様子で、彼が素早くジゼルのいる席から離れていった。友好的な雰囲気を出していた他の男達も、一斉に下がる。

「じゃ、そういうことで！」

彼らはジゼルに質問も許さない速さでそう言うと、慌ただしく部屋を出ていってしまった。

変ですねとネイトも顔を顰《しか》めていた。

「まぁ、人員も足りてないのに人気がある課ですから、今の時期だし忙しいんでしょうね。館内の警備でも見ていないし」

「警備？」

しかし、続いてはロバートが催促にやってきて話はそこで終了となった。

（武装輸送課の遺跡への同行、か……危ない仕事ではあるみたい？）

遺跡自体が危ないという印象はなかったので、不思議には思った。

とはいえ『武装輸送課が館外のどこにあるのか？』という疑問が浮かぶ余裕は、仕事中にはなかった。

書類作業が一気に色々と入ってくるというこの十日間は、ジゼルが思っていた以上に過酷だった。通常業務と併せて、各課からどんどん確認依頼がくる。

「というか、ネイトさんのところに放り投げすぎでしょう！」

「ネイトというより、ジゼルさんに丸投げしている気がするなぁ」

あれから毎日、武装輸送課の人達もジゼル達のところに顔を出してきた。

「実際どうなのよ、事務課？」

「アビーさんに気に入られたのが運の尽きっスね。めっちゃ頼りにされてますよ。はい、これ事務課に回ってきた分の追加です」

「分かりましたっ、やります！」

頼りにされて燃えるジゼルの隣で、ネイトがしくしく泣いた。

「すごく助かってはいるんだけど、ジゼルさんの稼働力がすごくて疲労感が二割増し……」

「どんまい。仕事を回す方も大変だよな、頑張れよ」

その時、ロバートが開いた扉に立ってひんやりとした空気を放った。

「……騒がしいと思ったら、君達、懐いてここで私語をするのはおやめなさい」

彼のそんな声が上がった瞬間、武装輸送課が真っ先に飛び出し、各課の人達も脱兎《だっと》のごとく散っていった。

そんな慌ただしい光景も、なんだか賑やかでジゼルは笑った。


忙しくも充実した毎日が続いていた。だがそんなジゼルの一方で、同じく繁忙期に入っていたアリオンは面白くないらしい。

「僕は午前中の少しの間しか一緒に仕事ができないのに」

夕食後、リビングで紅茶を飲んで落ち着いているとアリオンが唇を尖《とが》らせた。

「仕方がないでしょ、明日までが勝負だってアビー課長も言っていたわよ？　アリオンも頑張ってね」

仕事に慣れてきて、アリオンとこんなやりとりができるのも楽しい。

それでも彼は、不満そうな顔だ。

拗《す》ねたみたいに黙っている感じがしたが、ふと、別の可能性を勘ぐってジゼルは少し心配になってきた。

「ねぇ、もしかして私、余計なことしてる？」

「そんなことはないよ、僕もとても助かってる。新人でここまで急速に実践力を付けて能力を伸ばしたのは君くらいのものだって、所員達もとても褒めてる。僕も、みんなが君の実力を知ってくれたのは嬉しい、んだけど……」

「けど？」

黙り込んだアリオンが、ふと視線を戻してきた。

その赤い獣目に、たびたび見る色香を見て取ってジゼルは危機感を覚えた。

「――わ、私、湯浴みに行ってくるわね！」

入り口の向こうに控えてくれているメイドを呼ぶ。しかし後ろから手を取られ、彼の方に抱き寄せられてしまった。

「ジゼルに構われるのが一番なのは、僕がいい」

甘ったるい声に、心が粟立《あわだ》った。

（ただの執着、よね……？）

飽きて捨てたわけではないから、子供の頃の執着がそのまま続いている。

そのはずなのに、どうしてかジゼルはとても落ち着かない気持ちになった。彼に触れられるたび、甘い声を聞かされるたびに胸の奥に何かが積もっていく気がする。

「まだなのは分かっているけど、――じれったいな。我慢ができなくなりそうだ」

「え……？」

大きな手が、ジゼルの首を撫でて顎《あご》に形をなぞった。

「本婚約、したいな」

聞こえた言葉に心臓がぎゅっと締め付けられた。

それだけはジゼルは応えてはいけない。彼に間違ったことをさせてはいけない――拒絶するのは心苦しいが、慌てて彼を振り払う。

「っそ、それはだめ」

以前よりも、なぜだか胸が苦しい。

それを自分でも疑問に思いながら、ジゼルは執務室でネイトと待ち合わせているでしょと彼に言い残して、メイドの方へ駆けた。

◆

その翌日、正午過ぎにネイトが受け持つ急ぎの書類がゼロになった。

「お、終わったー！　しかも僕の分の溜まっていた確認書類までゼロになったのは初めてですよ！　ありがとうございますジゼルさんっ！」

「やり遂げたわねっ」

ジゼルもネイトと手を合わせて労《ねぎら》い合ったが、心の片隅にはアリオンへの悩みが残ったままだった。

続いて事務課での通常業務の手伝いをする。

考えに耽《ふけ》っている間に任された書類作りも終わってしまった。

(飽きると思ったのに、なかなか変わらないわね……)

次の手伝いを待つべく、いったん腕を伸ばしながら思った。彼の考えを変えさせるには、どうしたらいいのか。

(……誰かに、相談したいなぁ)

アリオンは、そばに置くためだけにジゼルと結婚する気でいる。

けれど話を聞いてみたいと思っても、相手が浮かばない。ネイトは彼の味方で、他の所員達も見守って口を出さないつもりの印象もあった。

(アリオンのご両親にでも、連絡が取れたら良かったのだけれど……)

相談できれば、何か対策を立てられるのではないかという期待はある。

彼らだって、いきなりいなくなってしまったジゼルと、急に仮婚約なんてアリオンが言い出して驚いたはず――。

「お待たせいたしましたわ」

アビーが戻ってきた。彼女は両手に茶封筒をいくつか抱えていた。

「でも、運んでもらって本当によろしいんですの？」

「はい、私の方の作業は終わりましたから。それに初めの頃は覚えさせるために任せてくれたじゃないですか。任せてください」

ジゼルがにこっと笑い返したら、アビーが感涙する。

「それでは、この封筒を各課にお願いしますわね」

「かしこまりました」

ジゼルが笑顔で書類を受け取ると、彼女も有難そうに笑みを返した。だが後ろの荷台に気付くと、息を吐く。

「どうしたんですか？　何か困り事なら、私が手伝えますけど」

「いえ、ジゼルさんに箱を一階まで下ろさせるわけにはいきませんわ。これは男性にさせますから。ただ……腕力組がいないと少し不便だと改めて思って」

「腕力組？」

「武装輸送課の方々ですわ」

そう聞いて腑《ふ》に落ちた。用心棒を担《にな》っているという獣人族の男達は、確かに他の男性所員に比べて筋骨たくましい。

「彼らはいつも外だけでなく、建物内でも警備をしてくれているので、空いた時間に手伝ってくれるのです」

（あれ……？　そういえば）

忙しさで気が回っていなかったが、普段館内の警備を担当しているとはネイトも先日言っていた。

館内で彼らを見かけないのは、てっきり用事がなくて入ることがない部署なのかと思ったら、彼らは『書類関係を毎回取りに来る』とも答えてきたのだ。

「……あの、一ついいですか？」

「なんでしょう？」

アビーがにこやかに視線を戻す。

「私、思えば館内で武装輸送課の皆さんを見かけたことがなくて。書類を取りにいらした方々とだけは初めてお話ししたんです」

「ああ、そういえばちょうどジゼルさんが来た日から外の警備だけになっていますものね。武装輸送課は局長が就任する前にできた新しい課で、敷地内にある別の建物で活動していますから、書類の受け渡しの他はわたくし達も接点がなくて」

所員の派遣はロバートが担当していて、アリオンに次いで彼が局内では一番の架け橋になっているという。

そんな説明も、ジゼルはあまり頭に入ってこなかった。

「私が来てから、中に入っていない……」

それはタイミングがよすぎる気がした。

(気のせい、かしら……?)

武装輸送課は、この建物の外にあるとジゼルは聞いた。しかし入局した際に案内は受けていないし、課の方への挨拶《あいさつ》もさせてもらっていない状況だ。

そう考え込んで束の間、ジゼルはアビーの口から吉報を聞くことになる。

「武装輸送課は、局長が所員になってから創設された新部署なんですの。その立ち上げに局長が課長として抜擢《ばってき》されて、仕組みや制度、現在の信用までたった数年で築き上げたのもウチでは伝説になっています」

「そうなんですか?」

だから武装輸送課の指揮や監督は、現在の局長が直々《じきじき》に見ているのか。

「彼らは局長が鍛え上げた精鋭部隊ですから、共有している時間で言えば彼らが局長と一番濃い付き合いかもしれないですわね」

「つまり今のアリオンを、よく知っているメンバー……」

それならと思い立ってすぐ、ジゼルは聞き返した。

「あのっ、その課へ持っていく書類はありますか？　私、武装輸送課の皆さんに挨拶がてら足を運びたいです」

「今日はまだいらしていないみたいですから、恐らくあると思いますわ。確認してきますから、少し待ってて」

アビーがにこやかに了承して、いったん離れていった。その後ろ姿を目で追いながら、ジゼルは持っている書類を握る手に静かに力を入れた。

（ネイトさんに次いで仕事で一緒にいるというし、大人の彼の対処法を知っているかもしれないし……相談してみるにはいいいかも）

意見を聞いてみたいと思った。

ジゼルがうっかり結婚までしてしまうことになったら、将来が約束された彼の素晴らしい人生をだめにしてしまう。

それに獣人族は、恋する種族だと聞く。

アリオンもいずれそうなるのだろう。気付いて、その時に後悔してからでは遅いのだ。ジゼルは、彼に幸せになってもらいたい。

そう思った時、ジゼルの胸がなぜだかずきりと痛んだ。

（……何かしら？）

知らない令嬢と結婚する彼の姿を想像した途端、とても切ない気がした。

もう会えないだろうと思っていた彼との再び始まった日々が、彼女の胸をきゅうっと甘く締め付ける気がする。

『離れたくない。悲しい』

幼い頃、そう感じた時の自分に違和感が込み上げた。

(あの頃、私は彼が大人になるまで支えて、見届けたいと思っていた……だけよね?)

答えの出ないそんな思考は、戻ってくるアビーの「あったわよ!」という嬉しそうな声で終了した。


武装輸送課へ渡す書類も受け取ったのち、ジゼルは各課の書類を急ぎ足で届け、表玄関から外へと出た。

「わぁ……っ、こんな景色だったのね」

目の前に広がったのは、森の中を切り開いて地面が造られた敷地だった。建物の前には十数台以上の来客の馬車も余裕を残して停められている。

息を大きく吸い込むと、深い木々と土の香りがした。

ここから見える森の木々もすべて、重要機密物管理局の、要塞のように取り囲む高い塀の中の敷地内だと思うと不思議だ。

(外を歩くのは久しぶりな気がするわ)

周りの風景を眺めながら、アビーに教えられた通り二時の方向に進む。

すると、少し離れたところに建物が見えた。

(本当にあったわ。あれが武装輸送課ね)

工場か倉庫のような箱型の建物で、奥行きがある三角の屋根には小さな窓が並んでいる。

馬車が通れるようにだろうか。両開きの大きな扉があり、そこに設けられた真鍮《しんちゅう》のノッカーを二、三回鳴らすとそれが開いた。

「髪に白い一本ライン……あんた、『ジゼル』か？」

出てきた大きな男が、ジゼルを見るなり驚いた顔をした。

「はい。局長秘書に採用されました、ジゼル・デュメネと申します。私のことをご存じなんですね」

「そりゃ知っ……昨日まで入れ代わり立ち代わり会っていた奴《やつ》らからも話は聞いてる。ところで、どうしてこちらに？」

「まだ挨拶をしていなかったので、書類を届けがてら来たんです」

ジゼルはにこやかに茶封筒を見せた。

「えーと、わざわざ丁寧な挨拶をすまねぇな。俺は武装輸送課のジーバという。今はリーダーが不在なんだ。代わりに俺が留守を任されている――あ、任されています」

「いいですよ、無理に敬語でなくても。後輩の新米所員だと思って楽に接してください」

ジゼルがくすくす笑うと、ジーバが「すまねぇ」と照れたように笑った。彼女が差し出した茶封筒へ、大きな手を伸ばす。

「書類も届けに来てくれて助かるよ。暇があっても自分達では取りに行けない状況で——」

「取りに行けない？」

ジゼルが聞き返すと、茶封筒を受け取ったジーバがハッと口を閉じた。

後ろから息を呑《の》むような声が上がった。見てみると、大勢の獣人族が屋内からこちらを覗き見ている。

「あの……なんだか怖がられて見られている気がするのですが」

「気のせいだっ、俺らは勇敢な武装輸送課だからな！　えーと、業務諸々《もろもろ》への質問だとか疑問点は全部局長から聞いてくれっ。それじゃ」

扉が閉められそうになったのを感じた瞬間、ジゼルは素早く靴で阻止していた。

それを見ていた後ろの男達が「えぇぇ」と言っている。

「今の、有無を言わさない感じだったぞ……」

「令嬢だって聞いたんだけど……」

何やら「こわっ」と聞こえてくるが、ジゼルはせっかくのチャンスを無駄にできないので、強くジーバを見上げた。

「お時間はあまり取らせないので、後輩の個人的な相談に乗ってくれます？」

「え……？　それって、俺らじゃないとだめ？」

「アリオンのことで――」

直後、ジゼルは視界の風景がびゅんっとすごい速さで過ぎ去った。

気付いた時には建物内に招かれていた。きょとんっとした彼女の両脇を抱え持っていたジーバが、そっと床に下ろす。

「うん、局長がもし敷地内に戻ってきていたら地獄を見そうだから、話なら防音のここで聞かせてもらおうか」

（いったい、彼らにとってアリオンとは……）

少し気になったものの、他の獣人族の所員達も何も口にできないと一文字に口を結び『お願いだから室内で言ってください』と身振りで伝えてきた。

初めて入ってみた武装輸送課は、広い倉庫のようになっていた。

武装馬車が何台か停められていて、荷物が積まれてシートがかけられた荷台も押し込まれている。物品を確認するためのような作業台、発掘された出土物から岩石を少しずつ削り落とす作業台と所員達の姿もあった。

アリオンは、数名の部下を連れて王都の方へ用事に出ている。

終わり次第戻ると聞いていたジゼルは、ひとまずジーバに切り出すことにした。

「実は、皆さんがアリオンとはお仕事の付き合いが一番濃いと聞いて、少しご意見を聞かせてくださると助かると思いまして」

「……どんな内容の相談かな？」

腕を組んだジーバは、気のせいか緊張をこらえている様子だった。

「その、逃げたいとかならちょっと聞かなかったことにしたい――」

「え？　いえ、違いますよ。本当に個人的な意見をうかがいたいのです」

「よしっ、ならオーケーだ！」

ジーバと揃って、後ろの獣人族達がみんな凛々《りり》しい顔で聞く姿勢を取った。

ジゼルは仕事の手を止めさせているのも悪いと思い、アリオンとのことを手短に話し聞かせた。

幼い頃に変な別れ方をしてしまったせいで仮婚約に至ってしまった。どうすれば結婚が間違いだと理解してもらえるか――。

「……えーと、つまり結婚の意思を撤回させたい？」

「そうです」

ジゼルが頷いた途端、ジーバ達が急に達観した顔になった。

「ジゼルさん、局長の意思を変えるのは無理だと思う」

「諦《あきら》めた方がいいです」

意見一致でそう返ってきて、ジゼルは唖然《あぜん》とした。

「諦める……？　あの、私は努力したいのですけれど……」

「あっ、君が努力家で頑張り屋なのは書類を受け取ったメンバーからも聞いてる！　ただ、一緒に過ごしていた仲のいい幼馴染だって局長から聞いていたから、なんというか急な話でちょっと戸惑ったというか」

ジーバが慌ててそう言ってきた。他の男達も「そうそうっ」とフォローしてくる。

(私が、アリオンと一緒に暮らしていたのは、たった二年で……)

彼らが思っている〝大人同士の情愛〟での求婚ではないのだ。

一緒にいたのはたった二年。

(――でも)

時間の長さなんて関係ないことは、ジゼルが一番よく知っている。

ジゼルにとってアリオンは、何よりかけがえのない大切な幼馴染だった。そう思っているからこそ、『たった二年なのに疑問に思わないんですか』なんて、数字を口に出すことはできなかった。

「……彼が間違えているから、正しい方向に戻さなくちゃいけないんです。それは私が……彼をあの日に置いて出ていってしまったせい」

罪悪感に胸が締め付けられて、シゼルは俯《うつむ》く。

そんな彼女を見て男達が戸惑った。せっつかれたジーバが、迷いつつ口を開く。

「その、ジゼルさん、局長は間違えていないと思うけどな」

「いいえ、アリオンは子供の頃の執着で……――あら？」

その時、どうにか上げようとした視線が、ふっと引っ張られた。

（何かしら？）

実に不思議な感覚だった。

そちらに目を向けてみると、品目記録用の未記入の書類とペンが用意されている大きなテーブル席があった。そこには、今にも崩れ落ちそうな感じで骨董品《こっとうひん》らしき品々が積み上げられている。その奥には、シートがかぶせられた荷台が二台置かれていた。

不思議と全部から〝同じ何か〟を感じた。

じっと見ているジゼルの視線の先を、ジーバ達が辿《たど》る。

「あ、整理整頓《せいとん》しようだとか思わなくていいですからね！」

ふと、その近くにいた見覚えのある数人が、管理局でのジゼルの仕事っぷりでも思い出したみたいに慌ててそう言ってきた。

するとジーバも、身体でジゼルから荷台を隠した。

「道具で移動したのでああいう感じになっているだけなので、お気になさらず。遺跡への同行依頼は危険なんだ。運び込まれた品物も危ないから、シートが掛けられている荷台に関しても専門家待ちでさ」

「はぁ、専門家……」

遺跡にしても、聞いた時に危険とは思えずピンとこなかったことだった。

「そもそも危ないのですか？」

「あれ？　ジゼルさんって、ここの説明を受けたから来たんじゃないのか？　うちが獣人族だけの理由も知らない？」

「え？」

その時、両開きの扉が凄まじい威力で押し開いて、ジゼルは驚きに口をつぐんだ。

そこから流れ込んでくる冷気のせいで悲鳴が出なかった。

覚えがある気配だ。まさか、と思って、ジーバ達と一緒になって恐る恐るそちらを見てみると、予想していた通りの人がいた。

「オスの獣人族だらけのここで、何をしているのかな？」

そこには恐怖の魔王――ではなく、アリオンがいた。

人のよさそうな顔でにっこりと笑いかけられて、ジゼルも含めて全員がぞーっと震え上がった。彼の目は笑っていない。

（……と、とんでもなく怒っている）

なぜ、彼がそんなに怒っているのかジゼルは分からなかった。

四章　鬼畜局長と幼馴染《おさななじみ》の元家庭教師

ジゼルはアリオンによって、武装輸送課から管理局の建物へと連れ戻された。

笑顔も消え失せて、黙って手を引いて歩くアリオンが怖い。彼は見ていく所員達に目もくれず住居側に入り、真っすぐ一つの部屋に向かった。

そこは彼女の部屋と似た構造をしていた。中央はシンプルにテーブルとソファが一組、男性向けの上品な寝椅子《ねいす》や調度品が壁や窓寄りに配置されている。

「あの、ここは……？」

「僕の私室だよ」

手を離したアリオンが、鍵《かぎ》をしめたと同時に詰め寄ってきてジゼルはうろたえた。

「な、何――」

「逃げようとしたの？」

つい『逃げる』という言葉に過剰反応した。

「違うわっ」

かっとなってやや大きめの声が出てしまい、ハタと我に返って言う。

「私、武装輸送課を紹介されていなかったら秘書として挨拶《あいさつ》しようと思って、書類を届けがてら行ったのよ」

「そうか。それは盲点だったな」

「え……？」

「アビーにも行かせないよう指示しておくべきだった」

なんで？　ジゼルはショックを受けた。

(私は、あなたの秘書なんでしょう？)

それなのに、どうして外にも管理局の部署があると教えないでいたのか。あの日と同じように、ジゼルが逃げるとでも思ったのか。

やるせない怒りのあとにこみ上げたのは、悲しみだった。

「……私だから、ネイトさんにも連れていくなと言ったわけ？」

つい、嫌味な言い方になってしまった。

「違うよ。そもそもあそこは、基本的に新人所員の見学もさせていない。慎重に対応しなければならない品物を置いているから、武装輸送課の獣人族以外は近付けないようにしている。それは君も例外じゃない」

「あ……それは、ごめんなさい」

だから彼らも普段、書類は自分達で取りに来ているのか。

「――でも、今回の行動はタイミングが悪かったな」

そんな言葉と共に、胸の前に落ちた髪をすくい取られた。

顔を上げると、先程よりも近い距離から彼の赤い獣目がジゼルを捉えていた。そのまま髪に唇を付けられて、ジゼルはなんだか怖くなる。

「アリオン……？」

警戒してあとずさると、彼が眼鏡《めがね》を外して胸ポケットに入れた。

「僕はこれでも譲歩してる。我慢もしている……他《ほか》の獣人族のオスの匂《にお》いをつけたくなかったから、彼らをここに入れなかったのに」

そういえば、館内の警備が省《はぶ》かれていることを思い出した。

偶然にしてはタイミングがいいと感じていたのだが、やはりジゼルが入局してアリオンが指示して中に入れていなかったようだ。

（子供の時と同じ独占？　でも……匂いって何かしら？）

そう思った時、彼がツカツカと向かってくるのが見えて、ジゼルは咄嗟《とっさ》に身を翻《ひるがえ》した。

「私っ、もう出るわねっ」

だが直後、アリオンが手を掴《つか》みジゼルの腹に腕を回して引き戻した。

「行かせないよ」

そんな声を耳に囁《ささや》きかけられた。あ、と思った時には足が床から離れ、奥の窓横にある寝椅子にどさりと押し倒されていた。

「ほら。ここにも、ここにも——オス共の匂いがついてる」

上にまたがったアリオンが、ジゼルの手首の匂いを嗅《か》ぐ。

「に、匂いなんて」

「ああ、ジゼルは知らないのか。獣人族には判断がつく〝匂い〟のことだよ」

言いながらも、彼はジゼルの腕にも鼻を寄せてくんくんとした。次第に肩、そして制服の胸元も嗅ぐ。

「僕はね、君が、僕以外のオスの匂いをまとっていることが許せない——そこでお願いがあるんだ、ジゼル」

アリオンが、そこからじっとりと赤い獣目で見据えてくる。

金の虹彩《こうさい》が美しい獣目のはずなのに、ジゼルは今寒々と感じて怖くなった。奥で熱い何かがめらめらと燃えている気がする。

「……な、何？」

「僕は君を傷つけたくないんだよ。精神的にもね。怖い思いはさせたくない、だから黙って僕の好きにさせてくれる？」

「え？」

「ただね、どうも腹の虫が収まらないから、君が抵抗できないように少し〝荒業《あらわざ》〟を使うね」

アリオンが顔を寄せ、おもむろにジゼルの首に噛《か》み付いた。

「いっ……！」

痛い。以前噛み付かれたほどではないが、獣歯で肌にぷつっと穴が開くのを感じて、彼女は肝が冷えた。

「う、嘘《うそ》でしょっ？　また求婚痣《あざ》を付けたの⁉」

「ああ、それは違うから安心して。これは、僕の一族だけに使える〝方法〟」

彼がすぐ口を離して言った。

疑問を覚えたジゼルは、不意に身体《からだ》からするっと力が抜けた。

「え……？」

体中の筋肉が、弛緩《しかん》するみたいに力が入らなくなったと気付いて初めて、全身が小さく痺《しび》れていることを知った。

「な、何、これ」

扉の向こうから、ネイトの声が鈍く聞こえてきた。けれどジゼルは、答えるために大きな声を出すこともできなかった。

目の前にいるアリオンが、美しい顔に笑みを浮かべる。

「僕の一族は毒蛇種で、僕の牙《きば》には、望んだ時に相手を痺れさせる微量な毒がある。大人になったら使えるんだ。便利だよね？」

何が、とは聞き返せなかった。

ジャケットを脱いだアリオンが、袖をまくって優しい手付きでジゼルを抱き上げた。

使用人達とネイトが扉の外で言い合う声が遠ざかっていく。

運ばれたのは浴室だった。ジゼルをバスタブにそっと入れ、彼がシャワーを出して自身も入ってきた。

「あ……アリオンも濡《ぬ》れちゃう」

衣服に、温かいお湯が広がっていくのを感じた。同じくバスタブの中に膝《ひざ》をついてきた彼のシャツもズボンも濡れていくのが見えた。

「いいよ。匂いを流し落とすことにしたから」

アリオンがジゼルの両肩を掴み、肩口に顔を埋める。

「――んんっ」

シャワーで濡れた肌へ、ちゅっと吸い付かれた。お湯で滴っていくせいか、ぴりっと甘美な感覚が走り抜けた感じがした。

アリオンはシャワーの湯を両手でこすりつけながら、ジゼルを舐《な》めた。

首筋、鎖骨へ唇を移動させて襟元《えりもと》を開いていく。彼女のジャケットも脱がしてバスタブの外に落とし、袖を徐々にまくりながら手の指から腕へも舌を這《は》わせた。

彼が舐め、吸い付くたび、痺れた身体に妙な感覚が走り抜けた。手を動かしたいのに、力が入らない。

「これ、洗い流しているというか……ン」

「舐めて、綺麗《きれい》に拭《ぬぐ》ってあげるね」

甘く囁かれて腰まで甘く痺れる。

彼の唇も舌も、しっとりとしていて蛇が絡んでくるみたいだ。シャワーも一部あたっているせいで、どこをどう舐められているのかも分からない。

アリオンが濡れたシャツを両肩からずり下げながら、徐々に鎖骨の下へ舌を這わせる。

シャツが、ジゼルの胸の頂につんっと引っかかって止まった。

「アリ、オン、もう」

肩が全部見えてしまっている。

それを見たジゼルは、頭を起こしたアリオンの濡れた袖を『それ以上脱がさないで』と訴えるように指でつまんだ。

「だめだと言わないでね。言ったでしょう？　今は僕の好きにさせて。ああ、僕の求婚痣、綺麗だね。君の肌についているからこそ、いい」

アリオンが求婚痣に吸い付いた。ぞくぞくした何かが背筋から走り抜けて、腰が砕けそうになる。

「ふふっ、やっぱりここって少し敏感みたいだね？　もう一個付けてしまいたくなるな。両方とも舐め回した時の君の反応を見てみたいな」

「だ、だめ、噛むのはだめだから」

とにかく、もう一つ付けるのはだめだとは思って喘《あえ》ぎながらも訴えた。

「どうして？　だめだなんてことはないよ。求婚痣は一つしか付けてはいけない、なんてルールはないんだから」

ジゼルはどうにか腕が動くようになっていることに気付き、水の重みで今にもズレ落ちそうなシャツを胸元で握り締めた。

アリオンがくすりと笑って、その手を上から覆った。

「痺れている君の服を剥ぐくらい、朝飯前だよ」

顔を近付けられ、甘ったるく囁かれてジゼルは首を竦《すく》める。

「し、しないわよねっ？」

「そう怯《おび》えないでよ、しないよ。ただ、そそることだと教えてあげただけ」

ちゅっと耳にキスされて、肩がぴくんっとはねた。

アリオンが満足そうに、頬《ほお》や顎《あご》にも唇を押し付けていく。

「どきどきしてるね。可愛《かわい》い」

ジゼルの背がバスタブを滑ると、彼は下に溜《た》まったお湯をぱしゃりと鳴らして背に手を回し、支えた。

「アリオン、お願い、やめて」

「どうして？」

「こ……婚約もしていない令嬢は、こんなことしないわ」

「そうかな。なら、手っ取り早くこのまま奪ってしまおうかな？」

それが何を意味しているのか分かって、ジゼルはハッと身を強張《こわば》らせた。

「そんなことはだめっ」

咄嗟に力を入れたら、先程より痺れが抜けてきたのか、ジゼルの手はアリオンの胸板を押し返せていた。

「やめて、だめよ。アリオンが後戻りできなくなるから……きっと、今だけよ。私に飽きるはずだから」

ジゼルの声が震えたのを聞いて、アリオンが動きを止めた。

浴室内に、しばらくシャワーが落ちる音が響いていた。

不安が急に膨れ上がった。幼い頃、二人でいることを人族貴族の令嬢達に咎《とが》められた時の気持ちが蘇《よみがえ》った。震える手ですがるように彼のシャツを握ってしまった時、彼女は力強い男の腕にかき抱かれた。

「僕が君に飽きるはずがない。何を不安になっているのか、教えて」

彼は、ジゼルのことならお見通しだ。彼女は強張りが解けると同時に涙腺《るいせん》も緩んだ。

「君はこういう状況でもないと言わないからね。ほら、観念して今思っていることを教えて。

どうしてだめだと？」

「わ、私は、アリオンの隣にいちゃいけないから」

「隣にいていいんだよ」

アリオンの言葉が、咎める令嬢達の声をあっという間に遠くへ飛ばしてしまった。

「ジゼルは今、令嬢で、そんなことも知らなかったずっと前から、僕の両親も屋敷のみんなも、きらきらとしたものをたくさん持っている素敵な女の子だと認めていた」

「で、でも、来客があったら裏作業を手伝いなさいって」

「失礼な人族貴族に、君が嫌な思いをさせられずに済むようにだよ」

「え……？」

守るために、客人が来た時は彼の両親も使用人達も協力して、遠ざけた。

その時に限って手伝いを頼まれたりしたのは、配慮からだったのだ。そう分かって、ジゼルは涙が出そうになった。

「お願いだ、ジゼル。僕が諦《あきら》めるだろうと思っていることを、君が諦めて。僕はもう君を見付けてしまったから」

「アリオン……？」

彼がきつく抱き締めてきた。

「たぶん、まだ受け入れてもらえないんだろうなとは分かってる。だから、まだ、我慢する。

君はいつだって僕のことばかりだったから――もう一つ、残る君の心配事を排除しないことには君も動けないんだよね」

湯気のせいか、頭がぼうっとして彼の独《ひと》り言《ごと》がよく分からない。

身体を強く拘束《こうそく》されていて、まるで彼に全《すべ》てを絡められているように感じた。けれど、それは世界で一番心地いいとジゼルは思った。

もう少しこうしていたくて、そっとアリオンを抱き締め返す。

「――ありがとう、ジゼル」

どうして礼を言われたのだろうか。

でも、アリオンがとても満ち足りた声をしていたから、ジゼルもどうでもよくなった。

とても、尊い時間が流れているような気がした。シャワーの音は外界の気配も遮断して、お湯が温かく二人の腰まで浸《つ》からせている。

間もなく、ふっと腕の力が弱まった。

「さて、あとはお湯で流せば全部落ちるかな」

濡れた前髪をかき上げたアリオンに、にっこりと笑いかけられた。

そういえば、匂いを落とすとかどうとか言われていたのだ。どこか胸がすっきりしたら、彼といつものように一緒にいるだけなのに妙な恥じらいを覚えた。

「シャ、シャツから肌着が透けちゃってるし、アリオンはもう出てよ」

「それでもいいんだけど、ジゼルは僕に洗われるのとメイドに――」

「メイドで！　ナターシャさん達でっ！」

ジゼルは、可能な力を振り絞ってそう主張した。先程、アリオンに服を剥ぐのは簡単だと言われて慄《おのの》いたことが蘇っていた。

アリオンがシャワーを蛇口へ切り替えた。彼がバスタブを出てベルを鳴らすなり、いつものメイド達が現れた。

「というわけで、ジゼルのことは頼んだよ」

「かしこまりました」

ジゼルとしては、いつからメイド達がスタンバイしていたのか大変気になった。

その時、メイドから受け取ったタオルを首から引っかけたアリオンが、浴室を出ようとしたところで、ふと思い出したように振り返ってきた。

「ああ、そうそう、僕の仮婚約者として、早速君を紹介しようと思っているんだ」

入室してくるメイド達が支度を整える中、ジゼルはぽかんとした。

「……待って、紹介？　誰に？」

「僕の両親だよ。それから、僕の知っている人達。明日の貴族会が楽しみだね」

「しかも明日なの!?」

アリオンは言うだけ言うと、あとでねと言って浴室から出ていった。

（このタイミングで、それを言う⁉）

ジゼルはメイド達に「失礼します」と言われて、世話をされ始めながらも呆然《ぼうぜん》とした。アリオンはすでに今週の貴族会に出席を決め、知人方面にも仮婚約者を披露すると知らせを出したのだ。

完全な事後報告だ。しかも明日とか、逃げ道がない。

彼の両親に相談したいなとは思っていた。

だがこの調子だと、すでに彼の両親はアリオンに懐柔され済みな気がした。

貴族令嬢としてアリオンと社交の場へ行く姿なんて想像してもいなかったせいで、ジゼルはいよいよ混乱したのだった。

◆

貴族会は、貴族達の交流の場だ。

今回、アリオンが出席の返事を送ったのは、カウント城で行われる夕刻からの貴族会だった。

王宮に近いこともあって優雅さはお墨付きで、都外の貴族達にも人気がある。

「久しぶりねジゼリーヌ！　しばらく顔を見なくなると聞いていたのに、あなたがなかなか来たがらない王都の社交場で会えて嬉しいわ」

「あ、あははは……そうね、そのはずだったのだけれど」

再会を喜ぶ知り合いの令嬢、アビータを前にジゼルは笑顔がひくつく。

就職したら当分控えるつもりだったが、この通り出席させられることになった。

終業二時間前に、メイド達が迎えにきて屋敷で身支度をさせられた。肌を丹念に磨き上げられたのち、見せられた衣装ダンスには、彼が用意したというドレスがずらりと並んでいて『こんなにどこに着ていくの』と思って眩暈《めまい》を覚えた。

ネイトには、昨日のことを心配された。使用人達に『湯浴みの準備をされているだけ』と聞かされて、引き返したのだとか。

(彼も貴族会のことは知らなかったみたいなのよね……)

昼間、会えた時に話したら驚かれた。

そして、今、あっという間に馬車で王都のカウント城である。

「ねぇジゼリーヌ、今日お父様はどうされたの？　もしかしてお兄様の縁談探しかしら？」

「え？　えぇと、それは……」

知りたがりのお喋《しゃべ》りなアビータの質問に困った。

アリオンと入場したら目立つと思って、招待状の確認を彼に任せて先に会場へ入った。しかし入り口近くで、ばったりアビータに会ってしまうとは思っていなかった。

彼女は、お見合いで王都に来ているという。

令嬢仲間の中でも話し好きなので、アリオンのことをどう伝えていいか悩む。だがジゼルが悩み込んだ矢先、アビータの目が見開かれた。

「ジゼリーヌ、そこの殿方は誰？」

「えっ？」

次の瞬間、ジゼルは後ろから回ってきた手に首を撫でられ、引き寄せられていた。

「動かないで、と言ったのに」

ひんやりとした肌触りに、誰だかすぐに分かった。

「待たせてごめんね？」

甘い声に肩がはねた拍子に、そう言って覗《のぞ》き込んできたのはアリオンだった。ジゼルの結い上げられていない、白いラインが入った横髪を手で撫で梳《す》く。

ああ、まずい。ジゼルがそう思った時、その親密な様子を見てアビータが黄色い声を上げた。

「ジゼリーヌったら、こんな素敵な人といつの間に知り合ったのっ？　どういうご関係？」

好奇心満々、期待大の瞳《ひとみ》で見つめられてジゼルはたじろぐ。

「えぇと、その、実は幼馴《おさな》じ《な》――」

「初めまして。彼女と仮婚約者になったアリオン・エルバイパーだ」

アリオンがにっこりと微笑《ほほえ》んだ途端、アビータの目が彼の美しい笑みに釘付《くぎづ》けになった。

「先にご挨拶をありがとうございますっ、私はコンシェン家の長女アビータですわ」

そう挨拶したかと思うと、アビータがジゼルへ話す先を移す。

「おめでとうジゼリーヌ、エルバイパーって伯爵家じゃないのっ。その交流でしばらく会えないと言っていたのね」

違う。

ジゼルはそう思った。しかしそう納得したアビータに、アリオンの方が答えてしまった。

「その通りだよ。僕が彼女とずっと一緒にいたくて」

「まぁっ」

アビータの目がきゅんっと潤む。また何やら勘違いしたようで、ジゼルは彼女に忙《せわ》しなく手を握られて声援を送られた。

「ジゼリーヌ、求愛されている殿方との時間を楽しんでっ」

「え、え？　アビータ？」

「とても素敵な仮婚約ね。私も、みんなと一緒にあとのいい報告を楽しみにしているわね！」

「み、みんなって……あっ、待って！」

アビータはそう言い残すなり、急ぎ足で人混みに紛れていった。

早速令嬢仲間に『お喋り』するつもりなのだろう。ジゼルは想像して慄く。

「なんてことしてくれるのよ。あれじゃあ噂《うわさ》が」

「広がるだろうね。アビータ・コンシェン嬢は、君の令嬢仲間の中でもトップクラスの〝お喋り好き〟だ」

アリオンが、ジゼルをエスコートして進み出した。

「知っていてわざとあんな風に言ったの？」

「もちろん。君のことは、全て、なんだって知っているよ」

にっこりと笑いかけてくる彼が憎たらしい。台詞《セリフ》はどことなく恐ろしいのに、ジゼルは小さく頬を染めて軽く睨《にら》むに留《とど》めてしまう。

アリオンは本日、眼鏡を外していた。黒寄りの紳士衣装は彼をより知的な男性に魅《み》せ、ちらりと覗くネクタイまで重い赤色の髪とばっちり合っている。

（なんで想像以上の大人の男性になっているのよ？）

ジゼルは悔しくて、ぷいっと視線をそらす。

そんな彼女は、大人っぽい赤地の多いドレスを大胆に着こなしていた。まるでアリオンの髪を彷彿《ほうふつ》とさせる濃く重い色合いだが、それは色白のジゼルによく似合っていた。普段下ろしている焦げ茶色の髪も結い上げられ、首が見えないドレスはいよいよ彼女を大人の女性に仕立て上げていた。

アリオンのエスコートを受けている彼女に、つい若い紳士達が目を奪われていく。

ジゼルはこんな高価なドレスを着たことはなくて、恥ずかしくて俯《うつむ》いていた。だからその隣で、アリオンが大変満足そうなことには気付いていなかった。

「久しぶりだね、元気にしていたかい？」

歩き出して間もなく、知った声が聞こえてハッと顔を上げた。

「旦那様……」

アリオンに連れられた先にいたのは、相変わらず仲睦《なかむつ》まじい様子のエルバイパー伯爵夫妻、彼の両親だった。

「ははっ、今は君の『旦那様』ではないよ」

「あっ、申し訳ございません」

「いや、いいんだ。今も覚えてくれていて、ついそう呼んでくれるのも嬉しい」

忘れるはずがない。幼い家庭教師として屋敷内で奔走していた際、優しい彼の父と母にも大変お世話になった。

出ていった以来ぶり、実に約十年の顔合わせだった。

彼らはジゼルが貴族だったこと、あのあと家族に見つけ出されたことについては安心し、喜んでくれたそうだ。

「心配していたんだよ。私達もアリオンの意見と変わらないよ、君が、この十年幸せに健やかに暮らせていて良かった」

「ありがとう、ございます」

うるっときて、少し言葉に詰まった。

「見つかって、再会できてよかったわねぇ」

突然の別れだったにもかかわらず、エルバイパー伯爵夫妻も再会を懐かしんで、夫婦揃《そろ》って涙ぐんでくれた。

その光景を前に、ジゼルは感動の波が引いていった。バスタブの中で彼とアレやコレやしたことを思い返すと、ますますいたたまれない気持ちになってきた。

「えと……あの、このたびは申し訳ございませんでした」

彼の両親が、揃ってきょとんとしてジゼルを見た。

「あら、どうして謝るの？」

「えぇと、私が仮婚約者になって大変驚いたかと思いますが……」

あんな別れでなければ、彼に仮婚約させずに済んだはず。

そう思うと、やはりジゼルは胸がつきりと痛んだ。言葉が出なくなってしまったら、エルバイパー伯爵が妻と顔を見合わせる。

「まぁ、令嬢だったんだなぁということについては驚いたよ。それはもう、みんなでほっとして良かったなと思ったものさ」

（……『ほっとした』？）

不思議に思って顔を上げると、にこっと微笑み返された。

「これから、またうちにも顔を出してくれると嬉しいよ」

「は、はいっ。きっとうかがいます！」

「私もね、ジゼルさんと久しぶりにお茶をしたくてたまらないでいるのよ。落ち着いたら、いらしてね。ジーナも手作りのお菓子を振る舞いたくてたまらないそうよ」

「ジーナさん、お元気なのですかっ？」

「ええ、それから執事のハドルドも、大きくなったあなたを見たいと、父親みたいなことを言っていたわ」

次々に懐かしい名前が出て、ジゼルは表情を綻ばせた。

また、みんなが会いたがってくれていることも嬉しかった。何より『旦那様』と『奥様』が、寛大な心で当時のことを許してくれていることも彼女の心を癒《いや》した。

「それでは父上、母上、お茶はおいおい。今は僕にジゼルを返してくださいね」

アリオンが肩を抱き、両親から引き離す。

「んもうっ、アリオンったら」

「いいんだよジゼルさん、行っておいで。私達はいつでも会えるからね」

もういつでも会える——そんなことを言われたら、ジゼルは口元も緩くなって「はい」と嬉しさを噛み締めるしかなかった。

アリオンがジゼルの手を引いた。二人で人混みを進む。

「僕の両親と会えて、よかった？」

やはり彼には筒抜けみたいだ。

「ええ、話ができてよかったわ。二人ともお元気そうなのも嬉しくて」

「それはよかった」

そう笑いかけた彼が、ふっと前方へ視線を移した。

「君と、ずっとこうして参加したいと思っていたんだ。それが子供だった頃の、僕の〝夢〟だった」

行く道を見つめながら、アリオンがそう言った。

あっ、とジゼルはまたしても当時のことを思い出す。

彼女だって従者に扮《ふん》して付いていきたかった。しかし彼自身がどんなに連れていきたいとねだっても、貴族会はある程度の身分と教育はマナーなので無理だと彼の両親は言い、執事も止めていた。

（……そんなこと言われたら、協力したくなっちゃうじゃないの）

あの頃、できなかったこと。

仮婚約者の立場を思えば自制しなければと思うのに、ジゼルも胸が弾み、彼のパートナーとして恥をかかせないように頑張ろうと思った。

とはいえ、彼の身分と交友関係をナメていた。

彼は顔見知りだという貴族にジゼルを紹介していった。それは子爵令嬢のジゼルには眩暈がするほどの相手達だった。

父のデュメネ子爵の顔に泥を塗らないようにと思って、緊張を強《し》いられた。

結婚を匂わせるアリオンの台詞に対応する余裕はなかった。気付けば流されるがまま、色々な貴族達と次から次へと顔を合わせていた。

「休憩は、もう一人会ってからにしよう」

「まだ回るの!?」

精神的にへとへとになっていたジゼルは驚く。

「仕事でも世話になっている人がいてね。ちょうどあそこにいるから」

彼が指を差した方を見てみると、会場の中で唯一の黒い髪が目を引いた。そこにいたのは騎士服の美しい男だった。

これまでたくさんの人達と言葉を交わさせられたが、軍人は初めてだ。

ジゼルは緊張もほどけて、アリオンと共にそちらへと向かった。

合流してみるとアリオンよりも背が高かった。三十代だろうか。ジゼルが立ち止まって眺めると、相手の騎士もじっと見つめてきた。

「……あの、言葉がないのも初めてなのだけれど」

思わずアリオンの袖を引っ張って囁いた。

「淑女を見つめるのは、貴殿の紳士道に反しているのではないですか?」

くすりとアリオンが笑うと、相手がようやく、珍しいと言わんばかりに黒い獣目を彼へと向けた。

「ほぉ、そんな風に笑うこともできたのか。ひどく上機嫌そうだ」

「ええ、機嫌はいいですよ。このたびはお時間を合わせていただき感謝します」

「構わない。特徴からすると、彼女がそうなのか？」

「そうですよ。――僕の〝ジゼル〟です」

アリオンが柔らかく微笑んでそう言った。

ジゼルはその声を聞いて、なんだかむずむずした。そばから離したがらなかった当時と『僕の』に込められた気持ちが違うように感じる。

「ジゼル、こちらは王族の護衛騎士も務めているアルフレッド・コーネイン伯爵だ。黒兎《くろうさぎ》伯爵とも呼ばれていて、社交デビューしてから一番付き合いが長いお人だよ」

なぜ、伯爵様が騎士を？　という疑問が頭をもたげる。

けれどアリオンに紹介されたジゼルは、黒髪の美しい選ばれた騎士の一人でもある彼に、身に沁《し》みついた教育通りにスカートを持ち上げて礼をしていた。

「お初にお目にかかります。わたくしデュメネ子爵家の次女、ジゼリーヌ・デュメネと申します」

「君のことはアリオンから聞いている。彼とは騎士としての仕事でもたびたび付き合いはあるが、社交界では彼の父上と揃って仲良くさせてもらっている。何かあれば、君もいつでも声をかけるといい」

「温かいお言葉、ありがとうございます」

「君と会えて良かった。それでは、私はこれで」

それだけ告げてアルフレッドは去っていった。

なんともかっこいい大人の騎士様だ。騎士達が憧れる王族護衛なんて、とても忙しいに違いない。

「王族の関係者が出席されているのかしら。ロマンねぇ」

「ふふっ、ジゼルも『ロマン』だなんて感想を抱くようになったんだね」

肩を小さく揺らしたアリオンに気付き、ジゼルは愛らしく頬を膨らませる。

「何よ、いけない？」

「いや、安心した。じゃあ休憩にしようか」

安心、という言葉に疑問を抱いたものの、肩を抱くアリオンと歩き出してハタと思い至る。

「アリオンは、もしかしてあの人に会わせたくて連れてきたのも理由にある？」

「そうだよ。いつか見せると約束していたジゼルを、今日の機会に自慢したかったんだ」

ジゼルは頬を少し赤らめた。なぜか胸がどきどきする。

（子供の頃の執着の延長線、のはずよね？　でも、なんだか耳が熱くなるというか）

そう思った時だった。ふと、ジゼルの耳に場の空気を読まない特徴的なキンキン声の令嬢のお喋りが聞こえてぎくりと肩が強張った。

（まさか……）

強い視線も感じ取って鳥肌が立った。恐るおそるそちらを見てみると、人混みの向こうから予感していた通りの人族貴族の令嬢が見えて息を呑《の》んだ。

それは幼い頃に見ていた、アルルベンナット伯爵の娘のカサンドラ伯爵令嬢だった。

顔はきつめだが整っていて、ウェーブがかった自慢の琥珀《こはく》色の髪を、幼い頃と変わらず背中に下ろしている。

カサンドラはジゼルの方を睨んでいた。相変わらず取り巻きの人族令嬢を数人連れている。

（〝ジゼリーヌ〟が私だと気付いたんだわ……）

先程アビータが話しまくっているのを耳に挟んだのかもしれない。

（それでわざわざ顔を見にきたの？）

そんな想像に心臓が嫌な音を立てた。彼女がいるということは、大きな会なのでその父親もいるはずだ。

アリオンの隣を歩きながら慌てて探してみると、――いた。

大勢の貴族に囲まれているアルルベンナット伯爵の姿があった。人族貴族の伯爵であるし目立っているし、やはりとても力を持って尊敬を集めている人物なのかも。

そうジゼルが危機感を覚えた時、ワインを口にする彼がちらりと流し目を向けてきた。

(気付、かれている)

どっくんと胸が嫌な鼓動を打った。

十年前の痛い教えはトラウマだった。知っていてさりげなく顔が見える位置に移動したのは牽制《けんせい》だとジゼルは気付く。

(社交界で強い影響力を持っているとしたら、彼の機嫌一つで実家の立場が苦しくなる)

とんでもない人に嫌われてしまったものだ。貴族の身になったからこそ、その力関係を思ってジゼルは震え上がりそうになった。

エルバイパー伯爵家にとっても重要な人物そうだった。

もし家同士取引があるとしたら、そんな相手に気に入られていないジゼルが隣にいるとアリオンに迷惑が及んでしまう可能性もある。

そう想像して怖くなった。

アルルベンナット伯爵を敵に回している状態だ。

令嬢になったとしても、結婚相手としてもジゼルはアリオンに相応《ふさわ》しくない。

そう考えたらどうしてか胸がぎゅっと痛んだ。なぜ彼の妻になれないことを想像して、切なくなっているのだろう？

その時、アリオンがエスコートする腕で進行方向を変えた。

「頑張ったご褒美で甘いものを先に食べようか。君、好きだったろう？」

「え？　ええ、そうね、今も好きよ。ぜひ食べたいわ」

アリオンの気紛れに救われた。ジゼルは密《ひそ》かにほっとしたが、下を向いた彼女は、その様子も含めて全部彼が見ていたなんて気付かなかった。

◆

アルルベンナット伯爵に忠告でもされるのではないかと怯え、貴族会には体力と精神力を根こそぎ奪われた気分だった。

屋敷に到着した時には、アリオンに運ばれてしまった。メイド達に世話をされて素晴らしいマッサージ中に気持ちよさのあまり眠った。

目覚めたのは、窓から差し込んだ明るさを瞼《まぶた》に感じ取った時だった。

ふっと目覚めを促されて、ジゼルはとろとろと目を開く。

今日も仕事があるが、身体はずいぶん軽い。昨夜のメイド達のおかげだろう。どろどろと塞《ふさ》ぎ込む嫌な気分で寝ずに済んだ。

（身を弁《わきま》えろ、と言うために姿を見せただけかも……）

アルルベンナット伯爵のことは気になるが、アリオンの子供だった頃の執着が消えれば問題ないだろう。

（ああ、ほんとに気持ちがいいマッサージだったわ）

さすがアリオンが選んだメイドなだけはある。彼女達のケアのおかげで、今日も仕事を頑張れそうだ――そう思って寝返りを打った瞬間、睡魔も吹き飛んだ。

「ねぇ、もう僕がもらっちゃだめかな？」

甘ったるく微笑む美青年が目に飛び込んできた。

アリオンがベッドに添い寝していたのだ。薄着のナイトドレスだったジゼルは、思いっきり胸にシーツをかき抱いて飛び起きる。

「なんでここにいるのっ！」

「両親にも許可をもらったし、次はもっと色々と触ってもいいんだよね？　いちおう起きるまで待ってあげたよ」

にこっと可愛らしい感じで笑ったアリオンに、ジゼルはゾーッとした。

「触るのはなし！　節度！　そ、そんな決まりはないからっ！」

悲鳴交じりに思いつく限りの言葉を投げかけた。すると彼を仕事に引っ張るためネイトが待機してくれていたのか、飛び込んできた。

普段は主人の意思を忠実に守っている絶対の執事やメイド達も、続々入室し「ジゼル様が悲鳴を上げておられますので」と冷静な態度でネイトの加勢をしてくれた。おかげでアリオンの添い寝からジゼルは早々に解放されることになった。

それから数時間後、ジゼルは二階通路の壁にぐったりともたれかかっていた。

「……昨日は夜に貴族会があったばかりなのに、朝から疲れたわ」

一階フロアを眺めながら思わず声に出した。事務課の手伝いで各課への書類配送が終わったところだ。

アリオンの行動レベルが、まずいレベルでぐんぐん上がってきている気がする。

(『もらっちゃだめかな?』て、まさか純潔の方じゃないわよね……?)

以前、彼が『既成事実』と言っていたことを思い出した。責任を取って彼がジゼルを娶《めと》らされたりしたら、大変だ。

普通、責任を取って嫁にして、と迫るのは女性側だ。

だがアルルベンナット伯爵の一件で、ジゼルも肚《はら》が固まったのだ。彼や彼の家のためにならないので、間違っても本婚約に運ばれてしまうようなミスも避けたい。

(どうにかして彼を改心(?)させないと)

そう思った時だった。

「〝ジゼル〟・デュメネは無事か!」

一階の大きな正面扉が爆発でもしたような音を立てて開いた。所員や、一階受付にいた来訪者達も仰天して振り返り、ジゼルも自分の名前が響き渡ったのを聞いて咳《せ》き込んだ。

「横髪が一本白い――君がジゼルだな！」

彼が獣目を真っすぐ向けてきたかと思うと、野獣みたいな声を響かせてものすごい速さでフロアを横切った。そのままの勢いで階段も駆け上がってくる。

「ひぇ」

慄いた直後、同じ階に踏み込んだ彼の恰好《かっこう》を見て、ジゼルはハタとした。

「もしかして武装輸送課……？」

男は、見覚えがある動きやすい戦闘装備の衣装だった。するとがたいのいい彼が節度を守った距離でピタッと止まり、獣目をくわっと見開いた。

「その通り！　俺《おれ》は武装輸送課のリーダー、ビセンテだ！　挨拶が遅れてすまねぇな！」

意外と律儀な人らしい。

「あ、あの、ところで私に何かご用でしょうか……？」

聞こえる距離で大声を張り上げられてジゼルは苦手意識が増した。

「無事でよかったよっ、ほんっとうに！」

「はい……？」

「局長が婚姻前なのに食っていないかと色々と心配したが。うん、求婚痣もまだ残っているようだし、何はともあれ〝未然〟ということだな！」

ビセンテが一人勝手に納得して、笑顔で頷《うなず》いた。

ジゼルは頬を染めた。周りの女性所員達もドン引きしている。

「ん？　どうした？　ジゼルさん」

「あの、そういう繊細な話題は、大声でおっしゃっていただかないでくれると助かります……」

獣人族の求婚痣は〝結婚したら消える〟と言われている。

それは初夜を迎えるとなくなる、つまり男女の行為で消えるのだ。

そうすると互いの身体に同じ紋様が現れるとは教えられたが、内容が内容なだけに、お転婆《てんば》なジゼルも口をつぐんでしまう。

「騒がしくしてすまなかった。何せ、あの〝鳥〟だけでは心配だろう」

「鳥……？　ネイトさんのことですか？」

「そう。俺も急に出張が入ってしまったし、戻ってきてみれば館内から俺の部下を遠ざけていると報告を受けて心配になった。ジャガーの俺の鼻だと、一階からでも匂いが残っていると分かって求婚痣があることは察したが、まぁ目でも無事を確認しておかないとな」

「待って、匂いって？」

「求婚痣にはその獣人族の匂いが刻まれている。君は局長の匂いを強くまとっているので、すぐ見付けられた」

ビセンテがカラッとした調子で言った。

求婚痣にはその人の匂いが残るなんて、初めて聞いた。

とはいえ獣人族が嗅ぎ分ける〝匂い〟については、先日浴室の際どい状況でアリオンに教えられたばかりだ。

ジゼルはその一件が蘇って、かぁっと赤面した。

まるで一目惚《ぼ》れでもされたかのような構図にざわつき、同じ二階の廊下にいた所員達がビセンテと彼女から一斉に距離を取った。

騒ぎを聞き付けたのか、走ってきたネイトが「嘘でしょ⁉」と叫んだ。

「ま、まさかジゼルさんの好みってムキムキ……⁉　なんて言って彼女を赤面させたんですかビセンテさん！」

「勝手に騒ぐな鳥め！　そんな恐ろしいことするかってんだ！」

勢いよく言い返したビセンテが、不意に息を呑んだ。

（あっ……）

一階の会議室にいたはずのアリオンが階段を上がってくる姿に、誰もが静かになる。

彼と目が合った瞬間、ジゼルは動けなくなった。アリオンは何があったのかと上司の顔で問うでもなく、怒るでもなく素の表情をしていた。

近付いてくるアリオンを見て、ビセンテが慌てた。

「お、俺っ、何もしてないっすよ！　ほんとっ、獣人族の祖先の神獣に誓って！」

だがアリオンは彼のそばを通り過ぎ、ネイトが脇《わき》に飛びのいて開けた道も静かに進んで、全員が見守る中ジゼルの前に立った。

「……ジゼルは、彼みたいな男が好みなの？」

「へ？」

アリオンにすがるような目をされて、ジゼルはぽかんとした。

「やんちゃだから、やんちゃなオスが好みなんだろう？」

「私、そういう人がタイプだとは言ったことないけど」

「僕に授業をしていた時、木の上にいた猫を助けていた獣人族の警備のことを『かっこいい』と言っていたじゃないか」

拗《す》ねたような顔で言われて、ジゼルはハタと思い至った。

（あ……それもあって武装輸送課の人達を近付けないようにしていたのっ？）

なんて、子供じみた理由だろう。

けれど外に武装課輸送があると教えなかったのがそんな理由だと分かった途端、彼女の胸はきゅぅっと甘く締め付けられていた。

独占したがった幼い頃と、同じことをしている彼が可愛いと思うなんて、ジゼルこそどうかしているのかもしれない。

「ジゼル、どうなんだ？　やっぱりビセンテみたいな男が好みだったりするのか？」

「タイプの男性なんていないわ」

そんなの、考えたことがない。

（そもそも私が心に留めている男性なんて、目の前のアリオンだけ――）

咄嗟の自分の独白に、ハタと我に返って気まずくなった。まるでアリオンがタイプみたいな言い分に近い気がする。

「そういう憧れの対象はいない？　彼や軍人が好みではない、というのは確か？」

覗き込むアリオンに眼鏡が似合う美しい顔を近付けられて、じわじわと頬が染まる。

「……ち、違うけど？」

できるだけ自然な素振りで言い返そうと思って、唇を尖《とが》らせた。

するとアリオンが、唐突ににんまりとご満悦そうな笑みを浮かべた。

「うん、分かった。答えてくれてありがとう」

そう言ってあっさり納得してくれた彼が、ビセンテを上機嫌に振り返った。

「お前のおかげでいいことを確かめられた。だが僕のジゼルを見るためだけに突入してきたのだとしたら、褒められないな」

「俺は緊急の用を持ち帰ったので足を運んだんですよ」

ビセンテがジャケットの内ポケットから手紙を取り出して、アリオンへ渡した。

「専門家待ちで、この前第一陣が荷物を持って戻ったバビズウルフ遺跡があるでしょう。遺跡品を回収に行った第二陣が町に戻ってこないと、敷地の門で知らせを持ってきた使者と会いました。また〝例のこと〟かと思われます」

「えっ？　行方不明になったの？」

「現場から戻らないみたいだな――ネイト、ジゼルを頼む」

真剣な目で手紙に素早く目を通したアリオンが、質問を拒否するようにネイトを呼んだ。そのまま背を向けてビセンテと歩き出してしまう。

彼を呼び止めようとしたジゼルは、伸ばしかけた手を不意に止めた。

（そっか……今の私は、仕事に慣れ始めただけのただの新人だもの）

あの頃と違う大きな背中が、『君には関係ない』と拒絶しているように感じた。呼び止めたとしてできることが何もない。

「えっと……アリオン様の方は少しバタつきそうなので、僕らは行きましょうか」

ネイトに声をかけられて、アリオン達とは逆方向に促される。

これはアリオン自身の意志だ。そう自分を納得させたのに、ジゼルは後ろから聞こえてくる声に後ろ髪を引かれる思いで目を向けた。

「至急、緊急会議を開く。調査依頼側のバリリ学会は？」

「局長がすぐ動かれるだろうと見越して、来た使者には近くで待機しているという国家調査職員とバリリ学会団に返事を持たせました。間もなく到着するかと」

「よろしい。その後ろに付いていたのは専門機関だったな。彼らへの共有のために書記官の手配を――」

彼が遠くなるのを見て、ジゼルは胸が苦しくなった。

ビセンテや男性所員達と言葉を交わすアリオンの姿が、あっという間に離れていく。

（――秘書なのに、肩書きばかりで彼の仕事を支えてあげることができない）

彼を助けられないことが――何もできないことが、とてもつらかった。

家庭教師だった頃、彼のためになりたいと思って勉強にのめり込んだ。役に立てる学問が好きだと気付いて実家暮らしでも専門学を取った。

足が止まってしまったジゼルに気付き、ネイトが心配したように顔を覗き込む。

「所員はきっと無事に生還しますよ、アリオン様は誰一人見捨てません」

「……そうじゃ、ないの」

ジゼルはこらえきれず、白状して顔をくしゃりとした。

「彼のために何もできない自分が、なさ……情けなくて」

口に出した途端、空色の瞳から涙がぼろっとこぼれてネイトや所員達が驚いた。

ジゼルはネイトに連れられて、急きょ近くの応接室へと入った。

ぼそぼそと話し始めて間もなく、ようやく涙の洪水も減少しだした。胸の内を全部吐き出した頃には止まってくれていた。

「落ち着かれましたか？」

ジゼルはソファに足を上げ、クッションを一緒くたに抱き締めて顔を埋めていた。彼女はちらりと目を持ち上げる。

「……ごめんなさい、色々と喋っちゃって」

「いえいえ」

彼はなんでもないことだと言って笑っているが、同じ十九歳なのによくできた男性だとジゼルは思った。

ジゼルはここに座ってから、胸にたまっていたもやもやを全部吐き出した。考えていることが苦しいくらいにぐるぐると回って涙が止まらないのだと言ったら、ネイトが『吐き出す方がすっきりする』と言ってくれたのだ。

「ごめんなさい、あなたはアリオンと同行できるはずだったのよね？」

「いえ、あれはロバート課長と武装輸送課だけしか動けない案件なんです。例のことが起こって危険だから、アリオン様もさすがにあなたを遠ざけたんだと思います」

「例のこと……？」

「あ、そうか。もう少し慣れてからお話しようと思っていたんでした。武装輸送課が関わる遺跡には、実は〝危険なタイプの遺跡〟があるんですよ」

そういえば以前、執務室に書類を取りにやってきた武装輸送課の男達が、今のネイトと同じことを口にしていた。

「運び込まれた荷物も『危険だ』とか言っていたような……？」

「場合によっては危険な代物《しろもの》になります。一世代前の、ただの管理局だった時にはなかったことですが、〝古代魔力を宿した遺物による現象〟という事情があって、現在の重要機密物管理局になったんです」

その背景を聞いてジゼルは驚いた。

ネイトの話によると、国内には未発見、未調査の古代遺跡もまだ多くある。

その中で『獣人族と魔力持ちの人族がいるこの国ならでは』と言われている、摩訶不思議《まかふしぎ》な事件が起こる遺跡が存在していた。

その原因が、大昔の人族が持っていたとされる古代魔力だ。

現在の保有魔力とはまったく異なる作用をする、未知の魔力だという。

「それを持っている人族が今でも稀《まれ》にいるそうです。一世代前に、人族から獣人族へ古代魔力を移すことが試され、十何年経っても問題なく機能し続けたとか」

そこで研究が進み、これまで古代の遺跡でたびたび起こっていた摩訶不思議な現象が、古代魔力によるものであると解明された。

管理局は保管と、専門の窓口になることを引き受けた。

遺跡から運び出された品物は必ず専門機関の〝特殊事情を知る者達〟によって古代魔力の有無が調べられて、それから管理局本館側へ運び込まれる。

「武装輸送課の人達が言っていた『専門家』って、魔力測定を行っている専門機関のことだったのね……」

「そうです。そこには古代遺跡の緊急事に対応する古代魔力対策課が設置されています。今問題になっているのがバビズウルフ遺跡で、第一陣の二台もシートをかけたまま古代魔力があるのかどうか専門家の確認待ちでした」

「そうだったのね。確かにあの荷台、不思議な感じというか変な感覚があったものね」

「えっ？」

ネイトがびっくりしたように見てきたので、ジゼルも「え？」と聞き返してしまった。

「私、何か変なこと言ったかしら？」

「あ、いえっ、別にっ」

ネイトが視線を泳がせた。だがすぐ、思い立ったように立ち上がる。

「えーと、僕は少し用を思い出したのでいったん出ますねっ。少し待っていてください」

何やら彼が慌ただしく部屋を出ていった。

（私はアリオンのために何もしてやれないのね……）

危ないから締め出された。そうネイトに教えられて納得はしたものの、やはりショックは拭えなかった。

十年見ないうちにアリオンは立派になって、すっかり遠い存在になってしまった。

ジゼルはそう感じ、テーブルの冷《さ》めたコーヒーに目を落とした。

「寂しい、な……」

その拍子に、言葉が口からぽろりとこぼれた。

共に行きたい。一緒に頑張らせて欲しい……でも、ジゼルがそんな我儘《わがまま》を言って、アリオンを困らせてしまってはいけないのだ。

◆

一階の大会議室に、三組織の男達が集まっていた。

四角を描くように置かれた四つの長テーブルの奥には、局長であるアリオンと武装輸送課の精鋭メンバー達。左手にはロングコートを着込んだバリリ学会の男達、右手には黒色に揃えたスーツの国家調査職員達がそれぞれついていた。

余ったテーブル席には、ペンを走らせ続けている書記官の姿があった。

「戻っていないバビズウルフ遺跡の第二陣は、トゥエリーが率いる武装チームを含め、全十二名です。学会から調査メンバーが三名、国家調査職員が二名同行していました。今回のことで遺跡、もしくは内部にある品は〝貴重物保護法レベル3以上の魔力保有物である〟と推測されます」

害があり、危険かもしれないと推測されるレベルの古代魔力保有物。

会議の進行を務めるロバートが、遺跡に向けて飛ばされた緊急用の伝令鷹も戻らなかったと報告書を読み上げる。

会議は進むが、次の質問と確認事項が繰り出される間も場のざわつく声は大きい。

それぞれの組織からも、自分達の部下の安否を心配する声がいくどとなく出ていた。

(――時間が惜しい)

一通り話がまとまったところで、アリオンは繰り返しになりそうな質問が飛び交うのを察知して、文鎮でテーブルをカンッと鳴らした。

「うちは所員を誰一人として見捨てない。それは依頼者に関しても同じだ。全員を無事に連れて帰る。元武装輸送課長としても、速《すみ》やかに対策にあたるつもりだ」

視線が戻った男達の気が鎮まるのを、そばに立つビセンテが眺めていた。

「これより、全員の救出と保護に向けて新たに武装チームを派遣する。責任者は僕だ。各所、今回の件に関する情報を速やかに提示して欲しい。古代魔力と反応してしまうような所有物を持ち込まなかったか、身を守る装備についても漏れ一つなく報告してくれ――彼らの命がかかっている」

アリオンの言葉で、三つのテーブルの組織の者達が資料を引っ張り出し始めた。ビセンテの指示を受けて、部下達も第一陣メンバーの資料確認へと戻る。

「局長、先遣隊の下見では何も感知されなかった場所です。よほど強力な古代魔力が宿されているということでしょうか？」

「分からない」

アリオンは、ビセンテに正直なところを答えた。

獣人族は魔力に敏感な者が多い。

特殊な方の魔力測定の道具で〝古代魔力がかかっているかどうか〟の可能性を計ることもできるが――今回、それが全く役に立たなかった。

たびたびあるが、その場合は古代魔力が強いか、これまでアリオン達が想定もしていない作用が引き起こされることがほとんどだった。

（――置いていかなければならないのは、分かってる）

集中しなければならないのに、アリオンがつい考えてしまうのはジゼルのことだ。

人族が行っても、どうにもならない。

危険であることを考えれば彼女はここにいる方がいい。

安全なこの場所で待っていてもらうのだ。彼女は人を助けるためなら、躊躇《ちゅうちょ》なく飛び込む子でもあるから――。

(でも、僕が離れたくないんだ)

理性と私情がぶつかって苛々《いらいら》する。ジゼルは、アリオンがようやく見つけ出した、かけがえのない彼の〝光〟だった。

また、離れることを考えると胸が締め付けられて苦しい。

けれどジゼルを思うのなら、彼女のことは置いていかなくてはいけない。やんちゃだが、彼女は女の子で……と、そう思った時だった。

『そんなのへっちゃらよ！　アリオンに、付いてく！』

不意に、幼かった頃のジゼルの笑顔が、伯爵邸にあった美しい庭園と眩《まぶ》しいひだまりを背景に蘇った。

(――ああ、そうだった。彼女の望みだったから、僕はそばに置いた)

アリオンは、ゆるゆると目を見開く。

令嬢達に彼女が悪く言われ、両親から『彼女のためを思うなら今回の外出では留守番をさせなさい』と言われて考えたことはあった。

けれど彼女がそれを空気で察した際に、寂しそうな顔をしたから。

『……わ、かった。私はアリオンの判断に従うから』

ジゼルは彼の父でも、母でもなく〝アリオンの意思を聞く〟と言ったのだ。

顔に出る子だったから、離れたくなくて泣きそうなのが分かった。彼女は蛇肌《へびはだ》を持って気味悪がられたアリオンを、一心に想《おも》ってくれていた。

なんて愛らしいのか、と彼は初めて心から胸が震えた。

『君も僕を求めてくれるの？　なら、僕は〝君を離さなくて〟いいんだね？』

その時、扉がノックもなしに開いた。

緊張が高まっていた全員の目が、一斉に向けられる。そこから顔を出してきたのは、ネイトだった。

「今、いいですか？」

身構えていたビセンテが「なんだよ」と息を吐く。

「お前かよ、緊急の知らせかと思ったぜ」

「いえ、それに近いかもしれません。とくにアリオン様には至急お知らせしたくて」

ネイトのもう一つの肩書きは〝局長補佐〟だ。

幅広く業務をカバーする卓越した全容把握能力を持ち、その実力と実績は内外にも知られている。本人は必要時以外に権限を使うことはないが、実質、管理局のナンバー２と言えばネイトだと外部組織は把握していた。

彼に気付いた外部の者達も、「おお、局長補佐殿」と信頼の目を向けて静かになる。

アリオンは場の雰囲気に応え、ネイトへ言う。

「ネイト、言ってみろ」

「実は……武装輸送課に入った際、ジゼルさんはバビズウルフ遺跡から持ち出された荷物に、不思議な感覚を感じ取ったようなのです」

「何？」

　すると男達の顔色も変わった。

「武装輸送課は何も感じていないのに、その女性所員だけが察知を？」

「ロバート課長殿、他の人族の所員はどうなんだね」

「基本的に人族の所員は近付けていません。中には魔力持ちもいます、古代魔力とどんな反応を起こすか分からない。試すなんて危ないことは許可できませんからね」

　所員の安全は絶対だ、ロバートがそんな意味も込めて非難するような声を響かせた。

「その女性だけが感じ取ったというのは、何か理由があるのだろうか？」

「分からんが、念のため同行させた方がよいのではないか？」

「とはいえ若き女性には馬車旅もきつかろう」

　外部の者達の私語が、どんどん大きくなっていく。

　それを止めようとしたビセンテが、ふとアリオンの異変に気付いた。

「局長？」

　アリオンは、一人じっとテーブルを見て考え込んでいた。

「…………れ、ていく」

「なんですって？」

ビセンテは信じられないという顔で耳を寄せた。気付いた男達も、口を閉じて注目する。

するとアリオンが、静まり返った場へ真っすぐ顔を上げた。

「決めた。僕は、彼女を連れていく」

やや状況を呑み込む間を置いて——所員と武装輸送課から「はぁあああああ!?」と素《す》っ頓狂《とんきょう》な声が上がった。

「いやいやいやっ、さすがに無茶ですってっ」

「国家調査職員からも同行の案が出ただろう」

「それが局長の迷いを後押ししたんスか!?　ジゼルさんは獣人族ではないので体力的にもきついかもですし、貴族出身の令嬢でしょう!?」

「僕さっき彼女に危険性を説明して説得したばかりですよ!?　賛成できるはずないじゃないですかーっ」

早速ジゼルのもとへ向かうと言って立ち上がったアリオンへ、ネイトが慌てて止めに入った。

まずは話し合いましょうと武装輸送課の獣人族達も引き留めにかかったが、アリオンは容赦なく拳《こぶし》で伸《の》していく。

一気に騒がしくなった会議室の様子を、外部の者達が呆然と眺め、

「さすが蛇種の中で戦闘系に特化した、蛇公爵系列の毒蛇種ですな……」

「武装輸送課を立ち上げた武闘派の元課長ではあるので、心強くはあるが……」

それにしても、と彼らはアリオンに続いて一人の人物に注目する。

ビセンテを含む武装輸送課の面々が全員床に撃沈したあとも、意外にも最後までアリオンに繰り返し挑んでいたのはネイトだった。その打たれ慣れて鍛えられた感に、見ていた外部組織の者達は改めて感心してしまったのだった。

◆

その頃、ジゼルは応接室でクッションを抱き締めていた。

あれから、まだネイトは戻らない。じっとしていると、チクタクと時計の針が進む音だけが聞こえてくる。

(今頃、アリオンの方はどんな話をしているのかしら……)

ネイトのおかげで落ち着きは戻った。アリオンの方が一気に忙しくしているというのに、ここでじっとしているのはもったいない。

局長秘書としてアリオンが中心となって話し合われている件には役に立てないとしても、他なら彼女が役に立てることだってあるはずだ。

（よしっ――何か手伝えることはないか探してきましょうっ）

できることを精一杯しよう。

そう決めてソファから立ち上がり、スカートを揺らしてツカツカと扉に向かう。

だが、扉を開けた次の瞬間、ジゼルは目の前にアリオンの姿があって悲鳴を上げた。

「きゃっ……え、アリオン？」

ちょうど彼も扉を開けようとしていたみたいで、驚きが小さく顔に出ていた。

かなり会議が大変だったのだろうか。別れた時と違い、彼は眼鏡をしていなくて、ジャケットも脱いでいた。

（あっ……そうか）

彼はまた、『君は大人しく待っていて』と言うためにわざわざ来たのかもしれない。ジゼルはそう勘ぐって、忙しい彼の時間を奪ってはいけないと考え慌てて切り出す。

「えーっと、例の遺跡から戻らない人達のことを話していたのよね」

「そうだよ。……ごめんね、ジゼル」

唐突に謝られ、ジゼルは続ける言葉も頭から飛んでしまった。

（私に、できることがないから謝ったんだわ）

それなら、ジゼルも言わなくては。

頑張ってね、と。応援している、とアリオンに言うのだ。

だって我儘で鬼畜でプライドが高い彼が、『君は連れていけない』と言おうとして、頑張っているのだから。

「……私、きちんとここで待ってる」

スカートをぎゅっと握って、どうにか声を絞り出した。

「アリオンの足は引っ張らないわ。離れても私は平気よ、だから――」

「僕は離れたくない」

苦しくなって下を向いたジゼルは、不意に腕を掴まれた。

聞き間違いだろうか。予想もしていなかった言葉にハッと顔を上げてみると、そこには余裕のない表情をしたアリオンがいた。

「今回の救助に、君も連れていくことにしたから」

「え、えぇぇぇええええっ!?」

廊下の方から、ばたばたと近付いてくる足音が聞こえてきた。

「さすがにそれは無理よっ、みんな困るから――」

「無理じゃないし、困らない。外部組織の者達からも、よろしく頼むと伝えられた。例の遺跡の古代魔力を感じ取れる君は、チームにとっても必要だ」

何がどうなっているのだろうか。

ジゼルが頭にたくさんの疑問符を浮かべた時、ネイトが駆け付けた。

「ごめんなさいジゼルさん！　三組織会議で、全外部組織賛成でジゼルさんの同行が決まってしまいましたっ！」

彼は、えぐえぐと情けなく泣いていた。追いついたビセンテ達が「女性の前でマジ泣きかよ」と言ってドン引く。

「……あの、大丈夫？」

「うっうっ、ほんとごめんなさい。僕、アリオン様を止められませんでした」

ふと、彼が両手に見覚えのあるジャケットを握り締めているのに気付いた。

（あ、それ、アリオンが着ていた……）

なんとなく状況が掴めてきた。ネイトはしがみついてでもアリオンの判断を止めようと奮闘してくれたのだろう。

「あの、頑張ってくれたのね、ありがとう。ただ、その、私が同行するっていったいどういうことなの？」

「遺跡から持ち帰った荷物から何かを感じ取ったのは、ジゼルさんだけなんです」

「え……？」

「アリオン様から馬車旅もジゼルさんなら問題ないとお墨付きをもらい、依頼先の学会も国家調査職員も『どうか自分達の仲間を無事救出することに協力して欲しい』と救出への同行を正式要請したんです。ロバート課長が派遣責任官として、先程それを受理しました」

つまるところ、管理局側も認めたうえでジゼルの派遣も決定したのだ。

まさか、あの時のことがこうなるとは思っていなかった。けれど――ジゼルは、いけないと分かっていても胸に希望が湧《わ》いてくるのを感じた。

「私が、役に立つの……？」

「はい。ジゼルさんだけが例の遺跡の古代魔力を感知できるので、各専門観測機も役に立たない今回の遺跡ではジゼルさんの感覚も頼りになります」

ネイトはしくしくしながらそう言ったが、ジゼルの空色の瞳に輝きが宿っていく。それをアリオンが愛《いと》おしそうに見た。

「私、アリオンの助けになれるの？」

「そうだよ。僕と、まぁ正確に言えば救出班のみんなの役に立てるけれど――ふふ、ジゼルは本当に僕のことばかりだ。嬉しい？」

「嬉しい、あなたを助けられるのね」

つい目が潤んで両手を伸ばしたジゼルは、ハタと理性で手を引っ込めた。

すると正面から唐突に、アリオンが力いっぱい抱き締めてきた。すぐそこにいたネイトの姿も見えなくなる。

「ちょっとアリオンッ、苦しい！」

「もっと欲張ってよ。僕はここに君を残して僕以外の誰かと仲良くされるのも嫌だし、僕が話せないのに誰かが君と喋るのも許せないと思ってた。どんなことが起こっているのかもわからない古代魔力の遺跡は危ないけど、正直、君を連れていっていい理由を知った時には、軽率に喜んでもしまった——だから、ごめん」

小さく耳元で落ちた彼の言葉に、途端にショックも全て溶けていくのを感じた。

(ああ、だから謝ったんだわ)

所員が戻らず、何が起こっているのか分からない遺跡。ネイトが言っていたように、彼も危ないと知ってジゼルを置いていこうとした。

でも彼も、連れていきたいと思っていてくれたのだ。

「ううん、謝らなくていいの。……私は嬉しいわ」

嬉しい、なんて思ってはいけないのに、ジゼルは目頭が熱くなって一度アリオンの胸板に顔を押し付けた。

「ありがとうアリオン。ふふっ、置いていかれるより全然いい」

顔を上げて、こらえきれずあの頃みたいにニッと笑ってしまった。

まだ詫《わ》びの思いがいっぱいなのか、アリオンが妙な顔をした。ややあって目元を赤く染めると、不意に彼の腕の力が強くなって再び胸板に押し付けられた。

「むぐっ、ちょっと苦し——」

「はぁ、このまま食べちゃいたいな。仕事じゃなかったらよかったのに」

それを聞いてジゼルは固まった。冷えた頭が冷静な思考を始めてくれて、そもそも、と思ってそばにいるであろうネイト達に尋ねる。

「あの、これ……一緒に行っても大丈夫よね？」

「たぶん……大丈夫ではないかと」

ビセンテの自信がなさそうな声が聞こえた。

「ごめんなさいジゼルさん、僕は雨とか風で翼が使いものにならなくなるタイプの鳥なので、行けません」

どういう意味なのか分からない。

ネイトは戦闘要員ではないと言ったのだろうか。

（でもまぁ、アリオンは仕事はきちんと真面目《まじめ》にするから……）

ストッパーなしだが、まぁ大丈夫かなとジゼルは考えをまとめた。彼に同行できる喜びでやる気はどんどん高まっていた。

五章　遺跡と古代魔力と管理局

そのあと、すぐ準備着手と作戦会議が行われ、間もなくジゼルはアリオンやビセンテ率いる武装輸送課の班と出動することになった。

今回、バビズウルフ遺跡へは三台の武装馬車で向かう。

車内は縦に長く、横並びの座席にメンバー達が座った。ジゼルが乗り込んだのは、リーダーのビセンテも乗る先頭馬車だ。

「ジゼルさんはこういうの初めてなんだろ？」

「ええ、そうね、初めてでわくわくしているわ」

走り出した馬車の中、向かいのビセンテに答えたら他《ほか》の男達も楽しそうに笑った。

「局長が言っていた通り肝《きも》が据わってるというか、いいね、最高」

「こういうのは楽しむ気持ちが第一にくるのが大事だからな。ジゼルさんは武装輸送課の素質もありそう」

「ふふっ、それって獣人族だけなんでしょう？」

女性の馬車旅だ。気を和《なご》まそうとしているのが分かった。けれど同時に、同行への好意的な態度は嬉《うれ》しくもあってジゼルも笑った。

助けを待っている人がいる。

遠くから応援して待つだけでなく、その手伝いができるのは嬉しい。

何より、秘書という肩書きだけでなくてこうしてアリオンの役に立てる――と考えたところで、ジゼルは当人の存在を思い出した。

彼女と盛り上がっていたビセンテ達も、ハタと察して静かになる。

一緒になって見てみると、アリオンは御者扉の方へ顔を向けていた。腕を組み、組んだ足を上機嫌そうに揺らしている。

「アリオン、どうしたの……？」

「だって――ジゼルに一緒に行きたいと言われて、すごく嬉しい」

彼が無垢《むく》な様子で微笑《ほほえ》んだ。頬《ほお》は薔薇《ばら》色に染まり、ジゼルを見つめ返してきた赤い獣目は潤んでいる。

ジゼルが目を見開く中、車内にいたビセンテ達が一斉に生温かい目になった。

「あんな局長見たことない……」

「誰《だれ》あれ……」

「ツッコミしたら死ぬぞ、お前ら黙ってろ」

ひそひそとビセンテが部下達に言った。

確かに、こんなアリオン見たことがない。けれど――ジゼルは同時に、胸がきゅーっと甘く締め付けられた。

本気で嬉しがっているアリオンを、可愛《かわい》いと思ってしまった。

（こうしていると、あの頃《ころ》の面影もあるわ……）

彼は、ジゼルの人生で初めてできた可愛い教え子だった。

二人は幼馴染《おさななじみ》で、彼女にとってアリオンは一番の友達で、彼女がずっと忘れられなかった大切な生徒で、それから――。

（――あら？　それから、私にとってなんなのかしら？）

彼を見つめていると、胸が甘く疼《うず》く。それは子供時代には感じなかったものだから、ジゼルは分からないでいた。

◆

馬車は、二日半かけて遺跡があるレップンゲルの町の外れに到着した。

町から二時間馬車を走らせると手付かずの森がある。地震が起こった際に、崖が割れて例の遺跡は顔を出したのだとか。

「このまま馬車で行くと第二陣の痕跡を見逃す可能性がある。作戦通り、ここからは徒歩に切り替える」

森へと入って間もなく、アリオンが指示して馬車を止めた。

「了解」

ビセンテが答えて、後ろの二台の馬車にも号令を出した。探索用の荷物が入った鞄《かばん》を背負い、ジゼル達は横に広がって足元に痕跡が残っていないか探しながら歩いた。

「調査資料だと、こっちを通っているはずなんだがなぁ。そっちは何かありそうか？」

「だめですね、見渡す限り馬や車輪の痕跡は見当たりません」

「まぁ、道らしい道はないから、別角度から入って進んだ可能性もあるなぁ。遺跡近くまでいけば痕跡は見つかるだろう」

ビセンテが第一陣の森の経路が記録された地図をチェックしながら、ぶつぶつ言う。

「他の人達の足跡と混同しないかしら？」

「大丈夫だろう。町の人達は〝呪《のろ》われた森〟と恐れて、昔から入らないそうだ」

「呪い？」

アリオンは「本当かどうかは知らないけどね」と言って、こう続けた。

「女性の声や、眠り歌が聞こえるとか」

そんな会話をして間もなく、やがて車輪の跡がようやく発見された。

やはりジゼル達が入ってきた方向より、少しズレていたらしい。第二陣の馬車の痕跡を辿《たど》って森を進むと、先程の場所よりも広い間隔で木々が生えていた。

木々の根の間の空間に、真っすぐ伸びる車輪の跡を辿る。

湿気と蒸し暑さを覚えて何度か額の汗を拭《ぬぐ》ったあと、唐突に木々の景色が開けた。

——とても寒い。

「え？　……何、これ」

汗が一瞬にして冷え、身体《からだ》を抱き締めたジゼルの口から白い息が出た。

木々の光景がようやく終わりを迎えたかと思ったら、そこには一面真っ白の雪景色《ゆきげしき》が広がっていた。

上空は見事な青空だ。向こうに、森の敷地を遮断するように大岩が突き出ていて、その断崖絶壁に埋もれるようにして遺跡が見えた。

青い空に伸びた遺跡の頭部分には、吹雪《ふぶき》がまとわりついている。

そこから、細かな雪が起こってこちらまで飛んで降り注いでいるみたいだった。

「この雪は濡《ぬ》れないな」

アリオンが白い息を吐き出しながら、足元の雪を指でこすった。

「でも、幻とかではなくて寒いです！」

「リーダー、この雪、重みまでありますよ！　溶けないけど雪です！」

ビセンテと共に確かめるため踏み込んだ所員達が、踏みしめたり両手ですくったりして、直後一斉にぶるっとして身体を抱き締めた。

驚いてはいるが、こういう異常事態には出くわし慣れている感があった。

「発生源は遺跡上空か。遺跡はもっと気温が低い可能性がある、お前達も体調を崩す前に支度しろ」

アリオンの指示によって、全員が背負っていた鞄を下ろした。そこから防寒具が引っ張り出されて、ジゼルはびっくりして自分の鞄を見た。

「馬車に用意されていたこの鞄、コートまで入っていたんですね」

「備えあれば憂いなしってね」

ビセンテがニカッと笑った。早速防寒着を羽織った所員達が、その後ろから親指を立ててくる。ジゼルも後れを取らないよう慌てて同じようにした。

「ジゼル、サイズは平気?」

「ええ、平気よ。少し大きいから、温かくてちょうどいいわ」

「そう、良かった」

にっこりと笑ったアリオンが、眼鏡《めがね》を外した。

彼の濃い赤髪が、冷たい風に吹かれて目元で揺れる。その様子は美麗でジゼルは見惚《みと》れてしまった。

「局長、まずは近くに馬車がないか探します」

ビセンテの呼び声にどきりとして我に返る。ちょっとどきどきしてしまったと自覚して、ジゼルはアリオンから目を離した。

「ああ、頼む。古代魔力の雪のせいか、僕の鼻がきかなくなってる。雪の上を捜索する際は慎重にな」

「嗅覚《きゅうかく》が強い連中を選んでいますし、俺《おれ》も今のところは問題ありません。倒れている者がいないかもざっと見てきますね、しばしここでお待ちを」

もし倒れている者の上に雪が積もっているとしたら、踏みつけてしまうことになる。救助力でも優れた獣人族の嗅覚が頼りだ。

ビセンテが部下達と匂《にお》いを嗅《か》ぎながら慎重に雪の上を進み出すのを、ジゼルは役に立てない申し訳なさで見送った。

少し邪魔に感じる手袋を防寒着のポケットに入れ、待つ。

「寒くない？」

後ろから両腕で優しく包み込まれ、耳にアリオンの吐息を感じて心臓が大きくはねる。

「だ、大丈夫よ。これ、あったかいから」

「昔、こうしたこと覚えてる？」

忘れるはずがない。それを思い出したからこそ、ジゼルの胸はどっどっと大きく鳴り続けている。

彼は蛇科で、寒いことを苦手としていた。

小さかった彼にねだられて、彼女は背中からコートでくるんで温めたものだ。だというのに今は、立場が逆転してしまった。

「今は、ジゼルを温めることだってできるよ」

甘ったるい吐息にジゼルはどきどきした。アリオンは寒さにも耐性ができたらしい。大人《おとな》になって、彼は色々と変わった気がする。

「い、今は仕事中よ」

「分かってる。だから、ちょっと残念だな、とも思ってる。いつか二人で雪景色のある場所の観光旅行もしようね」

耳を甘噛《あまが》みされた。忘れないでね、というみたいに少し痛く歯が食い込んできてジゼルは肩がはねた。

彼が満足そうに微笑んで離れた。タイミングよくビセンテの報告が聞こえてきた。

どうやら馬車を発見したらしい。雪の中に人間の匂いはしないという報告も受けて、ジゼルは手袋を着け直しながらアリオンと共に雪の上を歩いて向かう。

だが彼女の心の中は、いまだ騒がしかった。

(ほ、ほんと行動の予測がつかめない！　新婚旅行のことを言っているわけじゃないわよね？　違うわよねっ？)

動揺して早歩きになる。雪をざくざくと踏みながらアリオンよりも前に出たジゼルは、ふっと視線が横に引っ張られた。

「……何かしら？」

そこに、自然の風景にしてはおかしな物体が飛び出ている。

急きょ向かう方向を変えたジゼルを見て、アリオンが驚いたように呼んだ。

「ジゼルッ？」

「大丈夫よ、何かあるみたいだから確認してくるわね。アリオンは、ビセンテさんがいる馬車の方を見てきて」

そう言ってジゼルは一人そちらへと向かった。

近付いてみると、それは細い棒状の先端部分だった。よく分からなかったのでしゃがみ、とりあえず濡れもしない不思議な雪を両手でかく。

「何、これ」

掘り出してみると、それは小さく数字も書かれた縦長の不思議な道具だった。

しばし眺めて、やっぱり分からないわねと思って首を傾《かし》げた時、不意に左からビセンテの大きな顔が出た。

「ほほぉ、こりゃあ国家調査職員お抱えのアイテムだな」

「きゃあっ」

「よく落とすとか言っていたドニー・ワークスのものじゃないか？　特注品の秘密道具だろうに」

叫んだ直後、今度は右からアリオンが顔を出してきた。よく調査に加わっている顔見知りの男の物のようで、なんだか残念そうに道具を鞄に入れていた。

「あの、馬車はどうだったの？　もう見てきたの？」

「無人だったよ、荒らされた形跡もなかった」

アリオンが残る部下達を呼び寄せ、道具が落ちていた場所を中心に雪をどかした。すると地面には、複数のブーツの足跡があった。

それは、吹雪《ふぶ》く遺跡へ真っすぐ続いている。

「とすると、向かっている時に雪は降っていなかったんだな」

足跡を観察していたアリオンが、遺跡へと視線を移す。

「遺跡自体、もしくはその中にある品物のせい、ですかね」

「なんにせよ、部下と同行者達の身の安全が先だ」

アリオンが「行くぞ」と言い、所員達が気を引き締めた顔で「了解」と応えた。

足元に気を付けながらバビズウルフ遺跡へ向かう。

近くに行くほど風が強まった。手袋をしていても感じるほどの寒さだが、先頭を進むアリオンは力強く前方を見据えている。

（昔は、あんなに寒がりだったのに……）

その背中をじっと見つめているジゼルに気付き、所員の一人がビセンテをつついた。彼が列から下がってきて声をかける。

「頼もしいでしょう、うちの〝局長〟は」

ビセンテは、どこか誇らしげな笑みを浮かべていた。声が聞こえたのか、前を歩くアリオンが振り返ってくる。

ジゼルは、くすりと笑って頷《うなず》いた。

「はい、アリオンは頼もしい人です。昔からすごい人だったんですけど、今はもっと頼もしい人になって――立派になったわ」

ジゼルは、アリオンを真っすぐ見つめてそう言った。どうしてもっと早く素直に口にできなかったのか不思議だ。

アリオンが、魔法にでもかかったみたいに足を止めた。

これでもかというくらい目を見開いている彼を見て、ジゼルはきょとんとする。

「アリオン？」

どうしたのと思って声をかけると、彼がゆるゆると口を開く。

「あ、りがとう。ありがとうジゼル」

「えっ、急にどうしたの？」

彼が急に駆け寄ってきて、手袋をした手で両手を包み込まれる。

「嬉しい、君に合格点を出された。君のためなら僕はなんだってできるんだ。任せて。全部、僕がどうにかする。君を幸せにするから」

急にプロポーズみたいなことを言われて困った。

（か、顔が熱いわ）

なんで突然彼がそんなことを言ったのか分からない。けれど、ビセンテ達にニヤニヤと見守られているのもなんだかとても恥ずかしいし、とにかく、今はこの手を離して仕事に専念して欲しいと思った。

「ア、アリオン、今は仕事中で」

「うん、分かってる。さあ行こうか」

アリオンが、先程よりも頼もしい足取りで先頭へと戻った。ビセンテがくくっと笑って「局長、良かったですね」と小さく声をかけていた。

森の中の草原でできた、一面の雪の上をみんなで離れずに進んでいく。

やがて辿り着けた遺跡の存在感に、ジゼルは気圧《けお》された。

「すごいわ……近くで見ると迫力があるのね」

初めて見る国内の古代遺跡だ。そしてバビズウルフ遺跡は、他の遺跡とはまた一風変わった、崖と一体化している特徴的な姿を持っていた。

雪が積もった岩石から覗《のぞ》く遺跡は、少しだけ教会に形が似ている。

入り口部分は割れた岩がテントのようになっており、そこから人工の通路が奥へと続く。

その自然と調和した歴史的な存在感に加え、ジゼルは〝引っ張るような妙な感覚〟の強さと大きさにも圧倒された。

「ジゼル、何か感じる？」

「うん、あの荷台と同じ感じが強くするわ。外というより、中の方に何かあるみたい……？」

集中して、感じたままアリオンへ報告した。

「建物自体が脅威じゃないとすると、突破レベルは〝通常警戒〟でよさそうだな。各自、死なないようにある程度気は引き締めろよ」

アリオンから、さらりと不穏な単語が出た。

ビセンテと所員達が「了解！」と大きな声を揃《そろ》えて、ジゼルは男達の勢いに押される形で遺跡の入り口をくぐった。

小石や土が入り込んだ通路は、真っすぐ伸びていた。

ある程度の広さもあり、天井は高い。大きな入り口からたっぷり光が差し込み、視界は想像していたより良好だ。

「あの、アリオン？　通常警戒って何？」

「ジゼルは、できるだけ僕から離れないでね。こういった場所は、侵入者に備えトラップが多く仕掛けられている――だから自力で避《よ》けろってこと」

「え」

唐突に腰を抱き寄せられ、アリオンの脇《わき》に抱えられた。彼女は突然の行動に驚いたのだが、直後、眼前を複数の槍《やり》が通過していった。

(嘘《うそ》でしょ……?)

見ている間にも壁にどんどん小さな穴が現れ、次から次へと槍が発射されてきた。アリオンに続き、ビセンテ達も軽々と避けながら走る。

「お前ら、仕掛けは発動しちまうもんだ。どんどん進んでいこう」

ビセンテは飄々《ひょうひょう》とそう言ったが、今度は鉄の杭《くい》が飛んできてジゼルはたまらず悲鳴を上げた。

「ふ、踏み込むから仕掛けが作動するのっ！　どんどん行くのは違うと思う！」

「たいてい入り口部分は単純で原始的なトラップだ。肉を裂かれたり貫かれたりする前に、避けるか拳《こぶし》で砕けば問題ない」

「そう冷静に返されても私は戸惑いしか感じないんだけど!?」

戦闘種族の獣人族と人族のジゼルでは、考え方に違いがあるようだ。

アリオン達は走る速度を落とさず、トラップが次々と発動していった。巨大な刃物が壁から飛び出し、ロープに繋《つな》がれた剣が続々とスイングし、地面からも槍が突き出た。

(普通はっ、少しくらい慎重に進むものだと思うの！)

続けざま凶器が飛んでくるのを目の当たりにしたジゼルは、そんな反論を思いつつも悲鳴を上げるしかなかった。

通路が広くなると仕掛けがなくなった。

安堵《あんど》したジゼルは、倒れている人達の姿を見付けて「あ！」と声を上げた。アリオンに離してもらい、一緒になって駆け寄る。

「良かった、生きているみたいだな」

所員の首元に手をあてたアリオンが、息をそっともらす。

「こちらの所員と学者にも怪我《けが》はありません」

「こっちの国家調査職員も無傷です！」

同じく確認していくビセンテ達もほっとしていた。

倒れている者達は、表情に苦しさはなく、ただ眠っているだけみたいだった。だが触れてみると異変にジゼルも気付けた。

「何かしら、温かい膜に包まれているみたいな……」

手を近付けると、倒れている者達の周りだけ温かい。おかげで彼らの体温は外の吹雪く冷たさから守られていた。

「恐らくこれも古代魔力の作用だろうな。侵入者を殺すためのものではなさそうだが――」

アリオンがそう口にした時、後方でどさりと音がした。

そこには膝《ひざ》をついた所員がいて、ビセンテが駆け寄って肩を支えて座らせる。

「おいっ、どうした！」

「分か、りません。急に眠く……身体から力が抜けて……」

すると報告している最中にも、所員達が次々に顔を顰《しか》めて崩れ落ち始めた。アリオンがハッとして叫ぶ。

「全所員、対古代魔力香で対応！　眠気が飛ぶか確認するんだっ」

全員が鞄から黒いハンカチのようなものを取り出して鼻と口を覆った。アリオンもそうしたが、彼もまた膝をついてしまった。

「アリオン！　どこか痛いの？　苦しいのっ？」

ジゼルは慌てて彼を支えた。弱った彼を見るのは初めてで、動揺した。

「ジゼルは……平気か？」

彼が言葉を出すのも苦労している表情で見てきた。

「私は平気よっ。ねぇ、いったいどうしたの？」

「泣かないで大丈夫だ、どこも痛くはないから。これは――強烈な眠気だ。君を見る限り、どうやら獣人族だけ効くらしい」

学者も国家調査職員も、派遣されたのは獣人族に限定されていた。倒れていた彼らもそうやって意識を失ったのだ。

「どうりで、力が抜かれていくみたいな睡魔だと思いましたよ」

ハンカチに何か香りが付いているのか、何度も大きく吸い込んだビセンテがそう言った。

「ビセンテさん、そのハンカチは」

「効果半々だな、空気によるものじゃないと完全には防衛できない。正直、ジゼルさんがついてきてくれたよかった。たぶん、このままだと俺らは第二陣と同じになる」

固まったジゼルの腕を掴み、アリオンが自分に視線を戻させた。

「ジゼル、これは一時しのぎにしかならない。ここにいる全員を担《かつ》いで入り口まで引き返すのは無理だろう。君は、一人でこのまま外に出るんだ」

「え……？」

「専門機関にこの症状を伝えれば、なんらかの対処法を考えてくれるはず――」

「嫌よ！　アリオンやみんなを置いていかないっ！」

ジゼルは、心臓がぎゅっと締め付けられるのを感じた。彼らをここに残して出ていくなんて、できない。

「どこかにこの仕掛けだってあるはずよね？　それを、私がどうにかしてくるわ。それでみんなで一緒に帰るの」

この現象も、古代魔力が宿った〝品〟が引き起こしている。

それなら、人族で平気なジゼルがそれをなんとかできればアリオン達の眠気も引くはずだ。

ジゼルは立ち上がって五感を集中させた。

(私が感じた、あの不思議な引力みたいなモノが関係あるはず)

荷台から感じたあの不思議な感覚を探った。アリオンが何か言っているが、通路の奥から感じた引っ張られる感覚にハッと目を向けた。

向こうから、外の吹雪く音とは別の〝音〟が聞こえた。

「……子守唄みたいな声がするわ」

ジゼルの呟《つぶや》きに、アリオン達が「何?」と言う。

「何か関係があるかもしれない。少しここで待ってて!」

みんなで帰るためにも。

ジゼルはそう思って、遺跡の奥へ向かって全力疾走した。アリオンが「ジゼル!」と叫ぶ声が、背中の向こうへ遠ざかる。

(やっぱり――歌声がするわ)

子供を寝かしつけるための〝歌〟だ。

直感的にそう感じた。それが今、獣人族を眠らせる歌になっているのか。通路の奥へ進むほど、不思議な感覚も近付いてくる。

「ジゼル待つんだっ」

アリオンが彼女を追いかけた。ビセンテ達も身体を無理やり起こし、慌てて後を追う。

（そもそも魔力を持っていないのに、どうして、これを感じることができるの？）

ジゼルは疑問に思った。

『ソれハ、あなたガ、人族だから』

歌声がジゼルの頭の中で答えてきた。

次の瞬間、通路から広い場所に出た。

「人、形……？」

彼女は足を止めて目を見開いた。

開けた場所は、教会によく似ていた。曇ったステンドグラスから光が注ぎ、正面にある祭壇には一体の人形が立っていた。

それは少女の姿をした等身大の人形だった。

風化した衣装を着て、手を組み、誰もいない観客席に向かって歌い続けている。

「……何、あれ？」

人形の背後には、巨大な氷の塊があった。

そこには人間の半ズボンを着た、大きく縦に伸びた〝獣〟の姿があった。

『その、マ、ま、そっとして……欲しい』

人形がこちらを見た。

踏み込んだアリオン達が「うっ」と頭を押さえた。頭に直接響く〝声〟は、波紋を刻むみたいな独特の感覚があった。

（でも、アリオン達はつらそうだわ）

歌を歌っていた人形の声そのものが、彼らを眠らせる古代魔力の作用を起こしているのか。

「あなた、何者なの？」

『ワ、たしは……墓、守るための……人形』

人形がジゼルを指差した。

その指先に、不意に氷色の輝きが現れた。一本の矢の形をした光が放たれ――避ける間もない速さで、ジゼルの胸を貫いていった。

痛みはなかった。ざぁっと、頭の中に映像が流れ込んでくる。

――『我々の〝友〟よ。未来永劫《えいごう》、共にここで眠ることを誓おう』

――『獣の姿になってでも私達と子孫達を守ってくれて、ありがとう』

――『君は英雄だ。……どうか、我々の祖先と共に安らかに眠れ』

たくさんの人族の〝声〟が聞こえた。

胸に衝撃を感じた直後の一瞬が、永遠みたいに感じた。

【我々は何者にも暴《あば》かれることなく、このまま〝彼〟に安らかな眠りを望んでいる】

警告のようなそんな誰かの声のあと、知らない古代文字が目の前を流れた。

別の誰かの声が、続いて頭の中で再生される。

【もしもの時のために、人形に残す〝伝言〟は二つである。一つ、辿り着いた人族のために我々の記憶を少し。それから地上での最後となる時のためのモノ――】

これは、古代魔力を残した大昔の人族達の声なのだろうか。

分からないことだらけだが、たくさんの人達が、氷の中にいる〝獣〟のために強力な古代魔力を残したのはジゼルにも分かった。

(ここにいた人族達は〝離れない〟ことを決めたんだわ……)

幼い日に、アリオンのもとを離れた自分のことを重ねて涙が溢《あふ》れそうになった。

(ああ、私、本当にひどいわよね)

想《おも》う大切さはここにいる人達と同じくらいあった。いや、それ以上だったのに、彼女は離れることを決めたのだ。

だめだと分かっていたのに、あの頃どんどん彼を好きになってしまった。

離れるのがとても苦しかったのは、彼が好きだったからだ。自分の立場を正しく理解した日、ジゼルは初恋を無理やり終わらせるためにも離れた。

(そうだったのね、だから私……こんなにも彼を助けたいんだわ)

今でも好きだ。忘れられないくらい大好きだった。

大人になって、一人の女性としてアリオンにもっと深く恋をしてしまった。

「ジゼル！」

肩を掴まれ、その人の声に強く名前を呼ばれてハッと我に返った。

目の前にアリオンがいた。ジゼルを支えて、心配そうに覗き込んでいる。ビセンテ達の声も
ジゼルの耳に戻ってきた。

「ああ、良かった。どこにも怪我はないな。あの光はなんだったんだ？」

「分からない、映像と声が頭に――あっ」

アリオンの身体が崩れ落ちる。彼と共に膝をついたジゼルは、ハンカチを持っていない彼に
気付いて涙腺《るいせん》が緩みそうになった。

立っているのもつらい眠気の中で、彼はそれを放り投げて駆け付けてくれたのだ。

「大丈夫よ。私がなんとかする、この眠りは人族には効かないから」

大人になった、大切で愛《いと》しい人に言い聞かせた。

（好きだから。彼のためにすることなら、怖くないの）

アリオンのおかげで勇気が出てきた。ジゼルは向こうでとうとう崩れ落ちてしまったビセン
テ達にも微笑みかける。

ジゼルの優しい表情を見て、アリオンがゆるゆると目を見開いた。

「……ジゼル、何を考えている？」

「私のこと、一番よく分かってるでしょう？」

ジゼルは強がった笑みを見せた。

「私、役に立つために付いてきたのよ。眠っている人達もみんな助けて、全員でここから帰るの。そのために頑張るから、ここで待っていて」

ジゼルはアリオンからゆっくり手を離すと、自分に迷う暇も与えず動き、走り出した。

彼が呼び止める声がしたが、振り返らなかった。走りながら、邪魔な手袋も防寒着も捨てて身を軽くする。

「ごめんっ、これ借りるわね！」

所員の誰かが杖代《つえ》わりに使ったのか、ビセンテ達の前に転がっていた警棒を拾い上げた。そして今度は、祭壇へ向けて一直線に駆けた。

『止まリ、なさい……危険……警告、シ、マス』

人形が『警告』と繰り返す。

その時、後ろからビセンテの切羽詰まった叫び声が聞こえた。

「ジゼルさん危ない！」

祭壇へと続く通路を半分まで来た時、罠《わな》が発動したのか矢が飛んできた。

「さっきの通路のよりっ、遅い！」

ジゼルは、警棒で矢を叩き落とした。邪魔な物を打ち払い、すれすれでかわして走る。

「うっそぉ……っ」

所員達が唖然《あぜん》としている。

「元野生児をナメるんじゃないわよ！」

ジゼルはなりふり構わず、踏み込むたびに発動していく飛来物をやんちゃだった当時の運動能力でどんどん突破していく。

何が飛んできただとか、目もくれなかった。

ぴりっと頬に焼けるような痛みが走ったが、瞬《まばた》きもせず真っすぐ人形だけを見据えた。

ジゼルは警棒を大きく振って大ジャンプした。直前まで彼女がいた廊下に鉄の杭が何本も突き刺さり、後ろで見ていたビセンテ達があわあわと口に手をやる。

「あなたが眠り古代魔力の元だというのなら、可哀《かわい》そうだけど壊す！」

後ろでビセンテ達の「えーっ！」という悲鳴を聞いた。

構わずジゼルは警棒を振り下ろした。だが人形に触れる直前、水色の光にばちんっと警棒が弾《はじ》かれた。

着地した途端、両足が強烈に冷たくなった。

ハッとして足元を見ると、パキパキッと氷の塊が上がってきて動けなくなっていた。

「ジゼルッ！」

アリオンが叫ぶ声が聞こえた。

ジゼルは大きくなっていく氷に構わず、目の前の人形の胸倉を掴み寄せた。

「今すぐアリオン達を解放して。後ろの氷に眠っているのがなんなのかは聞かないし、触れな

いことを誓うわ。あなたが眠らせる存在であったとしても、どうにかして眠らせるのを止めてアリオン達が帰れるようにして」

バキバキッと音を立てて成長していく氷が、もうジゼルの腹まで覆っていた。それでも彼女は一歩も引かなかった。

「このまま彼が眠ったら、私はあなたを許さないわ」

人形が、胸倉を掴むジゼルの腕を見た。続いて彼女も凍り付いた。

『ソレ、でハ……人間……エネルギーを、もらう』

人形の目が、ふっとジゼルに戻る。

人形が手を伸ばし、彼女の頬を包んだ。

「え……？」

『〝彼〟ヲ、……ソシテ全部、深い地ノ、底……持ってイク』

人形の手が、青白い光を帯びた。ジゼルはそこから、急速に体温が吸い上げられるような感覚がした。

（あ、まずいかも――）

そう思った次の瞬間、身体の中の〝何か〟をごっそり持っていかれる衝撃と共に、彼女の意識はプッツリと途絶えた。

◆

帰ってきてからずっと、窓から見えるのは曇り空だ。

今日もアリオンは仕事の合間、住居側の二階寝室を訪れていた。そこにはベッドで眠り続けているジゼルの姿がある。

彼はジャケットを引っかけた椅子《いす》を寄せ、彼女の華奢《きゃしゃ》な手を握って座っていた。

静寂がしばらく訪れていたが、ふと、一つのノック音が上がる。

「局長、失礼します」

報告に訪れたビセンテは、外の廊下から扉を開けたネイトと共に一瞬黙ってしまう。

「なんだ、ビセンテ？」

アリオンは、顔も向けずに問いかけた。

「はい。残る所員達も全員、専門機関で目を覚ましたそうです」

「そうか」

古代魔力の影響を解く薬が使われたが、効果は一晩から数日と個人差があった。

あのバビズウルフ遺跡があるレップンゲルから、一直線に王都の専門機関を訪ねた。その翌日にアリオンは、回復した一部の部下達と先に重要機密物管理局へ帰還した。

バビズウルフ遺跡には〝何か〟を守り続けている人形の番人がいた。

あのあと、眩《まばゆ》い光と共に地響きが起こった。気付けば祭壇があった場所には巨大な穴ができ、残ったのは胸まで氷に呑《の》まれぐったりとしているジゼルの姿だけだった。

『ジゼル！』

氷漬けの姿を見て、アリオンはゾッとした。

大慌てで氷を叩き壊して救出したが、呼んでも揺すっても目覚める気配がなかった。

彼女を失ってしまった。そう思って絶望感で身体が冷たくなった。せっかく取り戻した彼の光は、彼が連れてきてしまったせいで失われてしまった――。

『局長しっかりしてください！　あの人形は攻撃能力は持っていなかったっ、他の所員達と同じ反応かもしれないでしょう！』

ビセンテの一喝が彼を救ってくれた。

すぐ彼女と、意識不明の第二陣の者達を馬車に運び込んで専門機関を目指した。〝特殊な方の魔力測定〟をしている者達に診てもらったところ、かなり驚かれた。

『この人族の女性ですが、恐らく、これは生命エネルギーを抜かれた状態かと。ない魔力の代わりにその人形とやらが持っていったのでしょう。保有魔力関係ではないので、我々には治療しようがありません』

『彼女は治らないのか？』

『生き物が持つ生きるためのエネルギーですから、休むことで自然に回復します。合意のうえでなければ受け渡しができないはずですが、彼女と人形の会話は聞こえていましたか？』

アリオンは、ビセンテ達と揃って黙り込んでしまった。

人形が触れてジゼルが意識を失った直後、人形の身体に古代文字の光が浮かび、アリオン達はジゼルが頭の中で聞いたという人間の〝声〟を聞いた。

【もしもの時のために、人形に残す〝伝言〟の二つ目の発動条件となった。訪問者よ、先に持ち出されたものは譲ろう。だが我々にも守らなければならないモノがある、地上にあったものは全《すべ》て誰にも触れられない深い場所へと持っていく。我々の弔いと思うのなら、持ち帰ったものを解読し、知ってくれれば——と思う】

王都で、アリオンは直接バリリ学会へ足を運びその言葉も報告した。彼らは回収されたものを大切に調べていこう、と約束してくれた。

「……眠って回復しないものだったら、僕はあの人形を許さなかったよ」

アリオンは、愛しい人の顔を覗き込んだ。

ジゼルは、あの遺跡を遺《のこ》した人達の想いを汲《く》んだのだろう。そして、人形の願いを聞き届けたから生命エネルギーを盗《と》られた——アリオン達を救おうとした。

昔から変わらない。アリオンは眠る彼女の手を引き寄せ、そこに頬をすり寄せた。

「ジゼル、聞こえてるかな。君がいないと、寂しくてたまらないよ。……君がいないと、僕は生きている気がしないんだ」

早く起きて、と心の中で願っている。

君の声が聴きたい。また、その美しい空色の瞳《ひとみ》に自分を映して欲しい、と。

報告を続けようとしたビセンテが、ためらって口を閉じた。経過観察の報告書をいったん背中に回す。ネイトも涙ぐんだ目にハンカチを押し当てた。

その時、外からノック音がした。

ビセンテと共に首を捻《ひね》ったネイトが「あっ」と思い至った顔をして、慌てて客人を出迎えた。

「ようこそお越しくださいました、黒兎《くろうさぎ》伯爵様」

「先日ぶりかな、ネイト君」

それは、王族の護衛騎士服を着こなしたコーネイン伯爵、アルフレッドだった。入室した彼は、白い手袋ごしにネイトと握手を交わす。

「取り込み中でしたか」

声を掛けられ、アリオンは立ち上がりアルフレッドへ向く。

「いいえ、大丈夫です。ご協力感謝します、コーネイン伯爵」

「気にされなくともいい。エルバイパー伯爵からも、何かあれば息子を助けてやって欲しいとは先日も頼まれた。そろそろ社交復帰されるとか」

「復帰する予定ですよ。見つけ出した愛する女性とね」

アリオンは眼差《まなざ》しを和《やわ》らげてベッドを見る。その視線の動きを、アルフレッドも冷静に追い駆けた。

「ご両親も喜んでおられた。彼女の早い回復を祈っている」

「ありがとうございます。生命エネルギーというものを竜種は〝見える〟そうで、レイ医師に目覚めるまでの間の回診を頼んでいます。少しずつ戻っているそうです」

「それは良かった。君の話を聞いて、なんとも勇敢な女性だと思ったものだ」

そう言いながら頷くアルフレッドの様子を見て、ビセンテがネイトに耳打ちした。

「なぁ、あの人の顔って無じゃね？　俺、あの冷静さがちょっと苦手なんだよなぁ」

「そう？　すごく紳士的でいい人ですよ」

「あれ、おかしいな。俺はマウントをとるエライお人だとも聞いたんだが……？」

お前の鳥頭どうなってんの、とビセンテが疑う。

「ところで、僕が頼んでいた相手のところで妙な動きはありましたか？」

アリオンはアルフレッドと部屋の中央で合流すると、早速尋ねた。

「君が言っていた通り、夜会に参加すると君がわざと表明を出したその日に動きがあった。アルルベンナット伯爵が王宮の西庭園の通路と警備を買収しようとしたので、買収されたふりをさせて金も証拠品として保管した。カサンドラ・アルルベンナット嬢も、引き続き私の部下達に監視させている」

カサンドラは父に助言を仰いだようで、今、社交界に繰り出し散々『ジゼリーヌ』の評判を下げるべく悪口を言っているらしい。
それが自身の評価をさらに落としているとは、思ってもいないのだろう。
愚かで頭の悪い娘だとアリオンは思った。礼節を重んじる獣人貴族、アルフレッドの前では
さすがに口にできないが。
彼女の父親であるアルルベンナット伯爵は昔から、娘を利用して蛇公爵といった大貴族と親
交を持とうと目論《もくろ》み、アリオンのエルバイパー伯爵家と繋がりを持ちたがっていた。
アルルベンナット伯爵は、貴族の義務と正当性に欠けているとして謹慎処分を受け、王都か
ら活動場所を離された。
だが十数年前に妻が心労で亡くなってから、また王都に通う数を徐々に増やしてきた。
そして娘の社交デビューに合わせて、都内で社交用と言って別宅も購入した。
「実は、いったん〝躾《しつけ》〟をした方がいいのではないか、と王宮の者達からも声が上がっている。
最近の行動は少々目に余るようだ。陛下からも『依頼するので、ついでにしてくれないか』と
言伝《ことづて》をいただいた」
「へぇ、あなたがわざわざ陛下に報告を？」
「いや？　廊下で顔を合わせたのでこの話をしてみたら、陛下から『面白いうえ、利点しかな
いので助力しよう』といい笑顔で言われたのだ」
ビセンテが困惑顔で、ネイトに「貴族って易々《やすやす》国王と話せるもんなの？」と聞いている。

それはない。黒兎伯爵だからできることだ。

アリオンは、偶然にしてはタイミングがいい国王からの提案を考えた。あらゆる獣人族の畏《おそ》れが効かない王家の人間は、たまに全て見通していると感じる時がある。

「僕としても、ジゼルのためにあの伯爵と取り巻きは〝対処〟しようとは考えていましたから、陛下が了承しているなら一層動けて有難い」

「それでは依頼として引き受けると？」

「今回の依頼も引き受けると陛下にお伝えください。先にお話ししていた通り、僕は誘いに乗ってやるつもりです。忌々《いまいま》しい計画ももちろん潰《つぶ》します」

「承知した。当日は〝我々をうまく使う〟といい」

アルフレッドはそう告げて踵《きびす》を返した。退室する直前、彼に目礼され、ビセンテはネイトと共に大慌てて頭を下げた。

ぱたん、と扉が閉め直された。

執事が帰りを案内する足音を聞きながら、ネイトが気にしてアリオンに駆け寄る。

「アリオン様、本当にされるつもりですか？　大丈夫でしょうか」

「僕とジゼルの結婚式にまで水を差されたら、嫌だからね、今のうちに摘んでおく。ネイト、ビセンテにも共有しておいてくれ」

「りょ、了解です！」

普段にはない真剣な表情を見たネイトが、ぱたぱたと向かう。

これからまた少し忙しくなる。アリオンは寝顔をもう一度見たくなってジゼルのもとに戻ると、名残惜しそうに彼女の手を取って撫《な》でた。

「君が目覚めるのが、とても待ち遠しくて恋しいよ。僕のために飛び込むなんて……ますます僕無しにはいられないようにしたくなる」

幼い頃、彼女を逃《のが》してはならないと思った。

だってアリオンは、彼女以外には何も欲しくないのだ。昔も、今も、ずっと――彼は、ジゼルにだけ焦がれるような恋をし続けている。

◆

ジゼルが目を覚ましたのは、その翌日だった。

窓の向こうはすっかり日が高かった。診察のために腕を取ったのは獣人族の老医レイだ。彼からアリオン達が無事だと聞いて、ジゼルはまずほっとした。

「君の方が危なかったんだよ」

そんなジゼルに、診察を続けながら彼は子供っぽい口調で少し説教して状況を説明した。

「生きるためのエネルギー？」

「そう。それをぎりぎりまで持っていかれたんだ。つまりショック状態。あんな無茶は、もうしないようにね」

そう言われて素直に『はい』とは答えられなかった。

（……たぶん、私はアリオンのためなら何度だって無茶をするわ）

あの時も、ジゼルはただただアリオンを守りたくて必死だったのだ。

「ようやく起きた」

レイが出ていくと、間もなくアリオンが入室してきた。

廊下に残って扉を閉めていったネイトが、そこから『良かった』と笑顔で語って、手を振っていた。

「心配したよ。目覚めてくれて安心した。身体は平気？」

「うん」

どうにか頷く。

椅子に座ってもアリオンは、初めて見る穏やかな獣目をして微笑んでいた。説教じみた言葉は一つも言ってこない。

ジゼルは心配していた彼の優しい声だけで涙が出そうになった。

アリオンの顔を改めて見た途端に、胸が甘く締め付けられて言葉も続かない。

（――とても、つらいわ）

ジゼルは、彼に恋をしている。

そうはっきりと自覚した。子供の頃に好きだった男の子が、目の前に大人の男性として現れた。

そんな彼に、今度は一人の女性として恋をしてしまった。

(本婚約する資格が――私にはない)

そうも理解してジゼルは胸が苦しくて仕方がなかった。

令嬢として彼の隣に立てることを喜んでしまったが、今のジゼルは貴族に嫁ぐための教育も受けて無知ではない。

自分がアリオンと結婚したら、彼のためにならないときちんと察している。

(きっとアルルベンナット伯爵を中心に、いくつかの人族貴族を敵に回す……アリオンの家にとってもよくないわ)

あんなのを妻に迎えるなど、とアリオンの方が悪く言われてしまうだろう。

社交を支えなければならない妻が、夫の足を引っ張ってしまうなどあってはならない。

「ジゼル?」

知らず俯いてしまったジゼルは、頬を撫でてきた大きな優しい手にハッとする。

「えと、その、心配しないでね、体調はとってもいいわ。アリオンに心配をかけてしまって申し訳なく思ってるの。ごめんなさい、私まで意識がなくなってしまったせいで、ビセンテさん達にも迷惑をかけたわよね」

「君のおかげでみんな助かった、彼らも感謝していたよ。僕も改めて礼を言おう。ジゼル、本当にありがとう」

褒めてはくれたが、勝手な判断と行動に呆《あき》れてはいるんだろう。

でも、局長として部下を褒めているのだとも思って、ジゼルもくすぐったいくらい嬉しくてはにかんだ。

(大丈夫。うまくやれるわ――この恋心を、私は隠せる)

ジゼルでは、彼の妻に相応《ふさわ》しくない。社交でも活躍できる貴族女性がいいだろう。

(……そう考えると、胸が痛いけど)

その時、アリオンが眼鏡を外してサイドテーブルに置いたことに気付いた。何だろうと思って目を向けてみると、ジゼルが座っているベッドに片手をついて覗き込んでくる。

「アリオン？」

「身体、もう平気なんだよね？」

「ええ、さっきもそう言ったけど。お医者様も今日から仕事に復帰していいと言っていたわ」

思い出して教える。彼のことだから、レイ自身からその報告を聞いたはずだ。

すると、ジゼルの予想通りだったようでアリオンがにっこりと笑った。

「僕のところから離れようとする子には、『君はここの子だよ』ともう一つ大きな印を刻まなきゃね。ついでにおしおきしなくちゃいけないし」

「へ？」

彼がもう片方の手もつき、ベッドに乗り上げてジゼルにまたがってきた。

「ちょ、ちょょっと待って」

「ほら、いい子だから、大人しくしておいで？」

戸惑っている間にも両手を頭の上でまとめられ、ベッドに押さえ付けられる。

見下ろす彼が、指を入れてネクタイを引っ張って緩めた。アリオンの獣目が以前も見た壮絶な色香を放つ艶《あで》やかな笑みを浮かべている。

「ま、まさかまた噛むつもりじゃっ」

「そのまさかだよ」

かぶっているシーツを引き下ろされ、ナイトドレス姿を彼の目に晒《さら》されてジゼルは「ひぇっ」と細い悲鳴を上げた。

(待って待って、さっきまでしんみりとした空気が漂っていたわよねっ？)

信じられない思いで、ジゼルは愉《たの》しげな彼を見つめた。

「か、噛まれたら、今日どころか明日も出勤できなくなるんだけど!?」

彼の場合、容赦なく噛むので復活までそれくらいは優にかかる。

「君が動けなくなるのが目的なんだから、いいじゃない」

天使の顔をかぶったド鬼畜が、にっこりと笑って飄々と言ってのけた。

なんで目覚めて早々に明日まで動けなくしようとするのか。

意味が分からない。鬼畜だ、歪《ゆが》んでいる――そう頭に浮かんだものの、彼が上でひとまとめにしているジゼルの腕に顔を寄せた。

直後、彼が口を開き、がぶりと思いきり噛んだ。

「いっ……た……!?」

獣歯が刺さってものすごく痛い。つい身体に力を入れ、足をばたつかせたら、彼の手が脇腹のくびれからなぞってきた。

「……あっ……アリオンの、エッチッ」

ぞくぞくっとした甘い感覚が下腹部から背中まで走り、吐息が震える。甘ったるい自分の声も恥ずかしくて、つい可愛げもなく言った。

「そこでそう言われると、僕の方もぞくぞくするな」

間もなく獣歯を抜いてくれた彼が、唇についた血をぺろりと舐める。

「仮婚約だしね。手の甲にも付けておこうか」

「ふぇ……？」

たった一噛みで体力の消耗がすごかったジゼルは、左腕を持ち上げる彼の様子を見守ってしまった。

口付けでも贈るみたいに手を引き寄せる彼は、まるで白馬の騎士みたいだった。

噛み付くという彼の行為が、ジゼルの胸を焦がし続けている恋心と同じ想いからだったらいいのに、と彼女は切なく思ってしまった。

「――あっ」

手の甲に、ガリッと歯を立てられた。アリオンが血を舌で拭うと、肌の下から求婚の証《あかし》である美しい紋様が浮き上がるのが見えた。

あなたを気に入りましたという、獣人族からの第一の求婚。

つい軽率に喜んでしまいそうになって、ジゼルはわざと唇を尖《とが》らせた。

「………仮婚約なのに、大きくないかしら？」

彼が加減もなく噛んでくれたせいだろうか。刻まれた黒い紋様は花開くように手の甲いっぱいに広がり、もう他の誰の求婚の申し込みも受け入れることができない。

「いいんだよ。僕以外のオスの紋様なんて、ここに入れる気はないから」

アリオンがそう言って、嬉しそうに傷口へ優しく吸い付く。

（嫌だわ、それにもときめいているなんて）

獣人貴族の紳士としては大変非常識で、一気に二個も新たに求婚痣《あざ》を追加したのもありえない。けれど、彼らしいと思ってジゼルの胸は高鳴ってもしまうのだ。

「君の身体に三つも僕の証がついているなんて、素敵だね」

アリオンがにっこりと笑いかけてきた。病み上がりの女性に噛み付く、という暴挙に出た反省は、もちろんゼロだ。

(同じ獣人族からの求婚痣を複数持っている令嬢なんて、社交界で見たことがないというのに、あなたときたら)

それでも好きなんて、彼は強すぎる。ジゼルは求婚痣からの熱なのかまた意識が飛んだ。

六章　ジゼルと大切な彼と、その行く先は

ジゼルが仕事に復帰したのは、それから三日目のことだった。

（まだ、痛む気がするわ……）

深く噛《か》まれた痣《あざ》はドレスの装飾みたいに白く細い腕を覆っていた。それは制服で隠せるものの、見えてしまう左手の甲にも大きな求婚痣がある。

アリオンがまたしても噛んだというのはすでに周知されているのか、事務課の人達も動き回るような仕事は与えてこなかった。あまり執務室から動かさないようにという配慮なのか、ネイトとの書類処理が多かった。

そのアリオンは、朝からずっと外出中だ。朝食をとっていた際、手の求婚痣がお披露目できるねと言って上機嫌だった。

『僕の求婚痣が見えるって、いいね』

好きだと自覚して間もないせいか、にこにこしていた彼に言い返してやるのもできなかった。

またしても診察に来ることになったレイは、何してんの、と露骨に顔に出して呆《あき》れ返っていたけれど。

なのにジゼルは、一人になるとつい、自分の手の甲についた求婚痣を眺めた。

それは蛇が絡み合っているみたいなとても綺麗《きれい》な紋様で、見るたび不思議とアリオンが思い出されて胸が甘く高鳴って――。

(あああもうっ何を考えているのよ！　妻にはならないんだったら！)

命懸けで助けたというのに、求婚痣を追加で二個与えてさらに寝込ませるとか、なんという仕打ちなのか。

そう考えを無理やり切り替えようとしたけれど、だめだった。

(……恋、だったんだなぁ)

休みで二階の廊下から一階フロアを眺め、そっと溜息《ためいき》を吐《つ》く。

節操なく噛み付かれても、子供が可愛《かわい》い悪戯《いたずら》をしたみたいにアリオンを許してしまうのは、ジゼルが彼を好きだから。

ようやく謎《なぞ》が解けたスッキリ感と当時に、普段みたいに振る舞うのが難しくて困っている。

『ジゼル』

今朝、アリオンは仕事場までジゼルの手を取って歩いた。いつもの調子で彼女を困らせながらも、大切な宝物みたいに手を握り、その目はずっと優しかった。

(……思えば、彼はあの頃《ころ》あんな風に微笑《ほほえ》んだかしら？)

ふと、そんなことを考えてしまう。大人《おとな》になったジゼルをじっと見つめている彼の獣目の熱が、所有物に対する執着ではなくて〝愛〟だったら……？

都合よく考え過ぎだろう。ハッと理性が戻ってジゼルは自分を戒《いまし》める。

先日からそんなことを繰り返していて、恋心というのは実に厄介だと実感した。

ジゼルは伯爵家の妻としては相応《ふさわ》しくないのだ。アリオンと付き合いのある何割かの貴族に拒絶されるだろう。

（ううん、もしかしたらもっとひどいことになるかも……）

人族貴族を連れてよくやってきていたアルルベンナット伯爵は、敵に回したら厄介だなとジゼルも感じていた人物だった。

貴族教育を受けてから、貴族同士の関係良好がどれだけ大事かは知っている。

ジゼルは、心からアリオンが大切だから。

彼は一人ぼっちだった彼女の心を、明るく照らし出してくれた〝希望〟だった。だから彼の迷惑にだけはなりたくないのだ。

（美しい女性はたくさんいる。賢い女性だって……）

ジゼルみたいに意見がはっきりした令嬢だって少なからずはいるだろう。

けれど想像した途端、嫌だという本音が先行して、ジゼルは手に拳《こぶし》を作ってしまった。

（嫌、アリオンに他《ほか》の女性《だれか》と結婚して欲しくない）

ひどいことを思ってしまって自分の醜い嫉妬《しっと》に、涙が出そうになった。

誰《だれ》かに『君でいいんだよ』と言ってもらいたい。

そんな己の本音に気付かされて、いよいよ泣きたくなった時だった。

「そんなに握ると、傷になっちゃうよ？」

固くなった拳に手を添えられてハッとした。

しっとりした感触に誰だかすぐに分かった。ぱっと顔を上げてみると、そこには静かに微笑んでいるアリオンがいた。

ジゼルは、彼がそばにいることに胸がいっぱいになるのを感じた。

そんな思いを振り払うように手をそっと取り返す。

「じ、自分で傷付けるのは平気なくせに」

「僕のはいいんだよ。愛情でやっているんだから」

大人の情愛でもないのに、そんな台詞《セリフ》が似合うのもずるい。

「外出の用事は終わったの？　武装輸送課の方でも予定が入っているんでしょう？」

「うん。その前に、早速入れた次の社交の出席の話をしに来たんだ」

「え、待って、あなたが噛んだおかげで、どんなドレスでも求婚痣が見えるんだけど!?」

「いいじゃないか、僕のものみたいで」

「よくないわよ！」

同じ人からの求婚痣が三つだ。三回も噛まれたと一目で分かるし、想像されたらと考えただけでジゼルは顔が真っ赤になる。

アリオンがゆったりと獣目を細め、口元に手を持ち上げ――。

「ふっ――可愛い」

ジゼルは、頭の中まで熱くなった。

大人になった彼は、たびたびそんなことを言ってくる。いったいどういう意味での『可愛い』なのか、彼を異性として意識してしまっているジゼルは気になった。

「社交なんだけど、明日に王宮で開催される夜会に参加するから」

「えっ、明日⁉　仕事は⁉」

「僕は午後に会議が続くから、二時間前には上がらせるようネイトとアビーには伝えてあるよ。大丈夫、僕が君にぴったりのドレスを考えておくね。全《すべ》て僕に任せて」

アリオンはそう告げるなり、ご機嫌な様子で一階へと向かっていった。

（……く、悔しいっ。『僕のもの』と言われてキュンッとしたせいで、何も言い返せなかった！）

ジゼルは、惚《ほ》れた弱み、という言葉を思い知った気がした。

◆

迎えた夜会の当日、ネイトに「お気を付けて」と涙ながらに見送られ、日が暮れた頃に到着した荘厳な王宮をジゼルは呆然《ぼうぜん》と見上げた。

大勢の貴族達が、煌《きら》びやかな夜会会場入り口に向かっていく光景がある。

（この求婚痣、ガッツリ見えるのだけれど……）

しかも、よりによって参加者がもっとも多い王宮の夜会だ。ジゼルは微塵《みじん》も配慮されていないばかりか、複数の求婚痣が映《は》えるようなドレスにほろりとした。

かなり美しいデザインのドレスなので、着られたのは嬉しい。

上品な赤い生地が使われ、スカート部分は膨らみの下の裾《すそ》部分の装飾まで凝っていた。肩の端から腕の一部には布がなくて、装飾品で繋《つな》いでいる、という流行の高価で繊細な造りも大変美しい。

――のだけれど、そのせいで腕の求婚痣まで目立つのだ。

求婚痣は人気のステータスになっているので、見える位置に複数している令嬢もいる。

それでも、こんな大きいものが何個もあるのはジゼルも見たことがない。けれど、噛んだ当人はまったく気にしていない。

「僕の求婚痣が、君をより美しく飾り立てているね」

馬車に指示を出して戻ってきたアリオンが、眼鏡《めがね》も取った美しい顔できらきらとした微笑みを向けてきた。

美しいと言われて赤面してしまい、ジゼルは反論するタイミングを逃《のが》してしまった。

その隙《すき》に、流れるような動きで彼にエスコート姿勢を取られてしまい、共に王宮の建物前の階段を上がって夜会会場へと入場した。

その途端、ざわっとして視線を向けられジゼルは身体《からだ》ががちがちになった。

「や、やっぱり見られてる？　私がドレスを着こなせていないせいなのかしら。そもそもここに両親がいたらどうしたら……!?」

「落ち着いて。大丈夫だよ、いないことは調べがついているから」

ジゼルは、勢いよく彼の顔を見上げた。

「調べたの!?　参加者全員!?」

「まぁ、必要があってね」

アリオンが少し考える間を置いて、そう言った。

何を考える必要があったのだろうか。両親は来ていないから安心してと、先に伝えてくれてもよかったのに、とジゼルは拗《す》ねたように思った。

夜会が始まり、まずは主催者の両陛下へ挨拶《あいさつ》をする。

それが済んだあとは、アリオンにエスコートされての挨拶回りへと入った。

「これから本婚約を予定している僕の仮婚約者です」

蛇公爵と呼ばれている大貴族にもそう紹介されて、ジゼルは卒倒しそうになった。相手の顔を見る余裕もなかった。

(お、お願いだから、結婚しなかった時に気まずくなるような紹介はしないでっ)

だが、アリオンはジゼルの気も知らず自慢げに紹介していった。

おかげで目立って仕方がなかった。とっくにダンスフロアの使用も始まり、ジゼルは歩き回って足もくたくたになった。

そろそろ彼を止めようかと考えたジゼルは、強い視線を覚えて身体を強張《こわば》らせた。

(——敵意と、強い嫉妬と、差別的なあの視線だわ)

咄嗟《とっさ》に頭に浮かんだ人物がいた。少し前、不運にも同じ社交の場で遭遇してしまった記憶は強烈だった。

刺すような視線の先を辿《たど》ってみると、そこにはカサンドラ伯爵令嬢の姿があった。

彼女は扇を口元で広げて、激しい憤怒《ふんぬ》の顔でジゼルを睨《にら》み付けている。

(話しかける機会をうかがっているのかも……)

彼女が牽制《けんせい》しようとしているのが、どんな内容なのかは想像がつく。

ジゼルは気が重くなった。言われなくても理解している。自分はゆくゆく伯爵家を継ぐアリオンの妻として相応しい働きをしてやれない。

(この先、アリオンをどんなに愛《いと》おしく思っても……私が本婚約に応じてはいけないの)

知らずしらず俯《うつむ》いて小さくなっていた彼女は、アリオンがその様子を横目に見ているとは気付かなかった。

「さて、そろそろ回るところは回り終えたかな」

近くに居合わせた顔見知りに声をかけられ、話し終えたところでアリオンがそう言った。

休憩に入るのかしらとジゼルが思った時だった。

「アリオン・エルバイパー様」

都合がついた途端、タイミングよく男性の使用人が彼を呼び止めた。小さなメッセージカードを受け取ったアリオンが、目を通すなりジゼルに視線を戻す。

「突然で悪いんだけど、少しだけ待っていてもらえる？」

「え？　ええ、いいけれど……」

「ごめんね、ちょっと呼ばれてね」

いつもは離れたがらないのに、ここにきて別行動を口にされて心細くなる。けれど彼には彼なりの社交だってあるだろう。

婚約者にしろ夫婦にしろ、男性と女性がそれぞれで頑張らなければならない社交はある。

「私は平気よ、いってらっしゃい」

彼女は、彼の腕に添えていた手をゆっくり離した。

「ありがとう。戻ったら休憩で何か食べよう」

アリオンがそう言って歩いていった。その方向はテラス側だ。

（仕事で付き合いのある人にでも会うのかしら）

思えば、談笑の中で喉《のど》を潤したのも結構前だ。緊張して水も通らないでいたが、今なら何かごくごくと飲めそうだと感じた。

彼が戻ってくるのを待ちながら、近くでジュースでももらって飲んでいよう。遠くなっていく彼の後ろ姿を見送りながら、そう考えた時だった。

「忠告しておくわ――あなたはアリオン様に相応しくない。きちんとそれなりの態度であのお方と接しなさい」

すぐ後ろから聞こえた声に、ぎくんっと心臓がひきつった。

恐々と見てみれば、口元を派手な扇で隠して睨んでいるカサンドラの姿があった。ジゼルを通過するようにすぐ歩き始めた。

わざわざそんなことを言うために来たのか。

ジゼルは嫌な気持ちがした。けれど横を通り過ぎる直前、カサンドラは足を止めると、扇を口元から下ろして嘲笑《あざわら》った。

「こんなに醜く噛まれて可哀《かわい》そう。自分がお遊びに付き合わされているだけなのが分からないのかしらね？　私なら、そうならないわ」

そう言い残して、カサンドラが通り過ぎていく。

アリオンの求婚痣への侮辱に頭へ血が昇った直後、彼女の最後の言葉がジゼルの心を激しく揺さぶった。

（……『私なら』って言った？）

そう理解してハッと振り返ると、アリオンが向かっていったテラス側へ進んでいくカサンドラの姿があった。

彼女がアリオンを呼び出したのだ。

そう気付いて、ジゼルは苦しくなった。彼女は仮婚約を提案するつもりなのか。

（いまさら『あなたがいい』なんて、私が言っては――）

その時だった。聞こえた男性の低い声に、息ができなくなった。

「誰かを待っているのかね？」

忘れもしない声だ。そこを確認してみると、ワイングラスを片手に持ったアルルベンナット伯爵がいた。

「待っているのはアリオン・エルバイパーだろう？　彼は今私の娘と一緒にいる、いい雰囲気になって楽しいひと時を過ごすことになったら、しばらくの間は戻らないだろう。待つのは無駄なことだ」

「え、で、でも」

「彼は私の娘といる方がお似合いだよ。君も分かっているだろう？　――そもそも君がエルバイパー伯爵家に嫁入りしたら私は徹底して排除してやるつもりだ」

目の前に立った彼の大人げない牽制に、ジゼルは震えた。

社交界でも影響力が強い人だろう。まるで『お前の発言など不要だ』と言わんばかりに畳みかけられて口を開けなくなった。

「そうだ、そうやって下を向いて黙っている方が似合っている」

「っ」

「それにしても、なんとも醜い。可哀そうなくらい噛み跡をつけられて、実にひどいありさまだ。よく今夜の夜会に出席しようと思えたものだ」

人前で堂々憐《あわ》れまれてジゼルは傷付いた。

だがアルルベンナット伯爵は手を緩めず、さらに言い募る。

「ああ、何も言わないでいい。見ている者を不快にさせるその醜い身体だ、向こうの庭園にでも隠してきたらどうかね？」

立て続けにひどいことを言われて、惨めな気持ちになった。

彼の言うことには従いたくなかったが、ショックのあまり涙が溢《あふ》れ、ジゼルはドレスをつまんで泣きながら庭園に抜けるため人の間を駆けた。

◆

その頃アリオンは、テラスでカサンドラと顔を合わせた。

足音を察して振り返った彼は、眼鏡をかけていた。歩きながらかけたのだ。

月光を浴びた彼は大変美しく、振り返られたカサンドラは、アリオンのその艶《あで》やかな姿にぽーっとなってしまう。

人目を忍ぶようなテラス、夜――どれも女性をどきどきさせるには最良の条件だった。

「あ、あのっ、先日もお話したこと覚えておいでてでしょうか。わたくし、アリオン様とまたお会いできて嬉しく――」

その時、アリオンがにこっと笑って手を品よく前に出した。

「ごめん、喋《しゃべ》らないでくれる？　ジゼル以外の女性の声って耳にするのも嫌なんだよね」

「え……？」

彼女の頬《ほお》から、高揚の赤味も引いていく。

「何も言わなくていいよ、時間の無駄だから。君はただの〝材料〟にすぎない」

「アリオン、様……？」

「ショックかな？　僕は昔からずっとこんな男だよ。とくに君の父親には借りがあるからね、ずっとこの時を待っていたんだ。僕にはジゼルしかいないのに、彼女を僕から引き離そうなんて万死に値するよね？」

無垢《むく》さが交じる綺麗な笑みなのに、感じるのは〝狂気〟だ。

　カサンドラは青ざめ、怖くなったみたいに胸に手を引き寄せてあとずさりする。アリオンは柵から彼女の方へ数歩進んだ。

「ねぇカサンドラ嬢、自分の父親が、君に協力するという名目で僕の仮婚約者を強姦《ごうかん》させようとしていた計画は知ってた？」

「そんなっ。わ、わたくし知りませんっ」

「強姦を請け負った男達は、父親から『娘が頼んでいるので』と聞かされているから、罪が明かされると君も一部罪を負わなくてはならなくなる」

「え……？」

　アリオンは眼鏡を押し上げ、夜空を見やった。

「そろそろその男達も、僕の付き人と騎士達に押さえられて連れてこられる頃かな。この件を知られたくなかったら、同じ派閥の者達に僕の気に障るような動きをさせるなと、これから一緒に君の父親に話しに行こうと思ってね」

　一通り事前説明はした。もういいだろうと思ってアリオンは口を閉じ、カサンドラの様子を横目に見た。

　さすがの彼女も、ここで無暗《むやみ》に声を発することは控えた方がいいと悟ったようだ。

（——ああ、ようやく静かになった）

　アリオンは興味がなく、下を向いて震える彼女を見ても冷酷にそう思っただけだった。ただ、望みは叶《かな》わないことだけは親切心で教えてあげることにした。

「世間知らずのお嬢さん、君は命を僕に投げ出す勇気がないのなら、その時点でジゼルに負けているんだよ。君は、僕のために死ねるの？」

作っていない表情で静かに問われた言葉を聞いて、カサンドラがゾッとした。

その時、テラスの窓が開けられて彼女がびくっとする。

やってきたのはネイトと騎士達だ。彼らは人間が入る大きさの黒い袋を引きずっていて、持ち手が緩められて転がされると、そこから水に濡《ぬ》れてぼこぼこにされた男達の顔が現れた。

「早い到着だったね。僕が考案した水責めの罠《わな》は楽しめたかな？」

彼らは、にこっと笑いかけてきたアリオンを見た途端、言葉からも首謀者だと理解したのか震え上がった。

「ひ、ひぃ……っ。こいつ頭がおかしい！」

「あんたがカサンドラ嬢だろう⁉　話が違うじゃないかっ！」

カサンドラは、男達に説明を求められて言葉を失った。

「それにしてもネイト、かなり殴った？」

「あたりまえです。拷問用の水責めだけじゃ、足りないくらいだと思いまして」

「さすが僕の一番の護衛だね」

「ただのストッパーですよ。あなたなら、ほぼ殺しにかかるじゃないですか」

ふんっとネイトが鼻を鳴らす。見下ろされた男達がびくっとし、王宮の騎士達が「それ以上は何もされないでくださいよ」と疲れたような顔で言った。

その時、最後の一人がテラスに到着した。

「アルルベンナット伯爵に任意でご同行いただいた。話す準備は整っている」

それはアルフレッドだ。今回、騎士達の臨時の隊長を任されていた。

「僕が言った通り、案外壁際を歩けば目立たなかったでしょう?」

「周囲には関係者を立たせてあるからな。まさか納得させるために一度こちらに運ぶとは、君は相変わらず予想外のことを思いつく」

「時間をかけるよりいい案だと、あなたもおっしゃっていたでしょう」

相手は令嬢だ。アルフレッドが「うむ」と首を傾《かし》げて言う。

騎士の一人がカサンドラに「家のこと、今後のあなた様の立場を思うのならご協力を」と声をかけている。

「その父親と、とっとと話を付けようか。僕は迎えに行かなきゃいけない子がいる。僕の代わりに王宮の騎士が護衛についているなんて、そのオスを殺したくなる」

動き出したアリオンに付いていくネイトが、「ジゼルさんについてくれているのに」と同情交じりに言って身を案じる表情になった。

「見えない位置での護衛なので、勘弁してくれると有難い——彼らは私の部下だ」

アルフレッドが溜息交じりにそう言った。

◆

夜会の会場から、鈍く賑《にぎ》やかさと灯《あか》りが小さく注いでいる。

ジゼルは月光に照らし出された王宮の西庭園に、隠れるようにして座り込んでいた。

「……私、だめね」

アリオンが戻ってこないなんて、あるわけがない。

戻ろうと思ったものの、なかなか涙が止まってくれなくて困った。たくさん濡れたハンカチを困ったように見る。

見回りのタイミングだったのか、こちらへ降りた際、偶然にも一人の騎士と遭遇してハンカチを渡された。仕事中だったこともあってか、すぐ離れてくれてほっとした。

(社交界でも力がある人に私は気に入られていない……)

アリオンの家と取り引きがある重要な人だとすると、足を引っ張ってしまう。以前そう思って自分を納得させたはずなのに、諦《あきら》めがつかず涙が溢れるのだ。

――誰よりも、何よりも大切な存在の男性《ひと》。

彼に長い片想いの末に、大人の女性として改めて恋に落ちてしまったせいだろう。

好きで好きでたまらないのに、結婚に頷《うなず》けないことが苦しい。

「……やっぱり、アリオンのそばは私じゃだめ、なのよね」

またしても涙が込み上げてきた時、後ろから庭園の花とは違う、嗅《か》ぎ慣れた心地よい紳士の香水の匂《にお》いと温かさに包まれた。

「だめなんて、あるはずがないよ。君が望んでくれるのならいつだって結婚していい」

アリオンの抱き締める腕の強さに、手に持っていたハンカチが落ちた。

「すぐに来られなくてごめんね」

「な、なんでここに」

「嫌な思いをさせて、ほんとにごめん。君の言った通り僕は極端だ」

涙を指で拭《ぬぐ》われ、すがるような顔で覗き込まれてジゼルは涙も引っ込む。

「え……？　突然どうしたの？」

「君を取り戻したら、いまだ僕を娘と婚約させたがっているアルルベンナット伯爵とその派閥が、殺したくなるほど一層目障りになった。あの男ともさっき話をつけて、今後一切個人的な事情から君を困らせるなと約束させてきた」

「……ねぇ待って、この夜会って別に目的があったの？」

話から察するに、彼はジゼルと別れたあとのアルルベンナット伯爵が目的で、カサンドラと二人で会うことを〝仕組んだ〟のか。

　すると彼が、初めて言いづらそうな表情をした。

「どうしたのよ」

「君の不安を取り除けたらと思ったんだが……話しても僕を嫌いにならない？」

「痛く噛んだり勝手に就職先を変えたりしてきたのに、いまさらそれを悩むの？　いいから話して」

　ジゼルは芝生の上をぺんぺんと叩《たた》き、彼にも座るよう促した。

「私はどんなアリオンを知っても嫌ったりしないわ」

「うーん、言い方を少し考える時間が欲しいな。本婚約が延びたら困る」

「今すぐ言わないと絶交するわよ」

「分かった。言う。目障りな貴族をまとめているアルルベンナット伯爵本人はとくに邪魔だったし、僕とカサンドラ嬢を婚約させたいとかいう企《たくら》みを十数年も抱えているのが気持ち悪かった。アルルベンナット伯爵のプライドをへし折って弱みを握り、僕の言いなりになる犬にするために、今回の夜会で彼に罠を張った。以上」

　それはひどい。

　しかし、アリオンならやりかねない。

「私がいない間にそんなことをしていたのね……でも、今日の夜会までそんなに時間なかったでしょ？　いつ準備をしていたの？」

「君を噛んで、寝込ませて時間を作った」

なんて、鬼畜。

絶交する、という言葉がかなり利いているのか、ずばっと答えてきたアリオンを前にジゼルはそう思った。

その時、アリオンが改まるように正座してきた。すっと背筋を伸ばす。

「ジゼル、結婚したとしても君は僕を困らせることはないよ」

「え？」

「君が妻になっても、僕に迷惑をかけることは一切ないんだ。だから、安心してお嫁においで。今夜にでもそう言いたくて、頑張ってきたんだ」

静かな微笑みでアリオンが語ったのは、アルルベンナット伯爵の一件が、実に個人的な都合を考えてのものだったことだ。

人族の大貴族から嫌われ、家は弱体化の一途を辿っていた。

彼は娘のカサンドラを利用して、獣人貴族と縁を持ちたいと躍起になった。

「君はあまり社交に出なかったみたいだけど、学生時代を知っている者達の間で密《ひそ》かに有名らしい。お兄さんの方も言いふらしているみたいだ。むしろ、才女の嫁入りだと羨《うらや》ましがっている貴族もいるくらいだよ」

胸がどきどきして、なんと言っていいのか分からない。

彼が持ってきた希望はあまりにも大きすぎた。

そして——お嫁においで、と告げた時から、彼の目が深い愛情を物語っていることはジゼルの目から見ても疑いようがなかった。

「……私と結婚しても、アリオンを困らせないの？」

「そうだよ」

「アリオンは……その……」

求婚した理由は、と事実確認をしたいと思ったができなかった。心臓がどっどっと大きな音を立てている。

すると彼に、とても優しく手を包み込まれた。

「ジゼルは無自覚に歯止めをかけていたけど、今なら僕の言葉を信じてくれるね？　僕は、君が好きだから求婚してる。一人の男として、だ」

目を覗き込まれたジゼルは、一気に耳まで真っ赤になった。

「そ、そういえば、なんで結婚するのか私が尋ねた時にそう言っていたような……」

あれは子供同士の『好き』ではなかったようだ。

「え、え？　いつから？」

「君と暮らしていた時から。襲いかからないようにするのが大変だったよ」

「あの年齢でいったい何をしようと想像したの!?」

当時、一桁の年齢の可愛い男の子の顔をして、なんてことを考えていたんだ。

ジゼルは嬉しいやら、混乱やらで、熱で目が回りそうになった。

「ねぇ、ジゼルは僕のことどう思ってる?」

「……その反応からすると、もうとっくに分かってるのよね?」

思い返せば、彼が何度かさりげなく実感していた場面がちょくちょく思い出された。

「うん、でもジゼルの口から返事を聞きたい」

安心してしまった今、求婚の返事は一つしかない。

アリオンは手を包んだ両手にきゅっと力を入れ、縋《すが》るように綺麗な顔を寄せる。

「ジゼル、僕は君がいないとやっていけないよ。君だけがいいんだ。君がいなかったら僕は絶望して生きていけないだろう」

「ふふっ……極端ね」

「本当のことだよ」

アリオンはにっこりと笑うから、ジョークを交えてくれているのか分からない。

でも、ジゼルは、自分がいなくてもやっていけるとばかり思っていたから、涙が出そうなくらい嬉しくて。

「私も、アリオンがいないとだめなの。……あなたが、好きなのよ」

彼が、祈るみたいに包み込んだ手に口付けた。

「嬉しい。ねぇ、そばにいて、ジゼル。一生を共に歩いて一緒に生きて欲しい」

「──うん。これからは、ずっとそばにいる。もう絶対に離れたりしないわ」

彼が望んでくれるのなら、いつまでもその隣に。

彼は、今まで見たこともないほど穏やかな表情を浮かべていた。幸せだと伝わってきた。

十年も探し続けてくれるほど愛してくれていたなんて、なんて贅沢《ぜいたく》な初恋だろうとジゼルは思って、幸福感に包まれるあまり涙を浮かべ微笑み返した。

「キスしてもいい？」

アリオンが肩を抱く。いつの間にか片手でジゼルの手の指を絡め、握っていた。

「慰める程度ならね。私、ショックを受けて泣いたばかりよ」

「さすがに自重するよ、君に次のキスを拒まれたらたまらないから」

その言葉へのジゼルの答えは、彼の口の中へと消えてしまった。

それは、どこまでも甘い初めてのキスだった。

こういうロマンチックなこともできるじゃないの、とジゼルはなんだかおかしく思った。

月光に照らし出された庭園は美しくて、しばし離れていた時間を埋めるように二人は抱き合い、初めての優しくて甘いキスをしていた。

終章　大切な人とその現在

夜会でのアリオンの暗躍は、誰《だれ》にも気付かれることなくひっそりと解決されたようだ。

戻ってみると相変わらず大勢の貴族が楽しんでいて、二人で喉《のど》を潤し、料理を堪能《たんのう》したのちにダンスをした。

『踊ろう』

大人《おとな》になった彼とのダンスは、家庭教師として練習に付き合っていた頃《ころ》と全然違っていて、なんともロマンチックな時間をジゼルは過ごした。

【なんてお似合いの楽しそうな二人なのか】

【今回の夜会で注目を集めたのは、気難しく仕事中毒だった毒蛇種の獣人局長に愛された子爵令嬢だった――】

等々と社交界の新聞でも書かれたけれど、ジゼルは今、それどころではない。

「なんで数日でこんなに仕事を溜《た》めてるのよーっ!?」

仕事中毒のようだった男が、周りの人達の手も借りる必要が出ていた。

「ほら、アルルベンナット伯爵を追い込むのに忙しくて」

「他《ほか》の人にも協力させたことじゃなかったっ？　とにかく、いる間に手を動かして！」

他の誰の言うことにも腰が重いものだから、アリオンを叱《しか》るのは局長の秘書であるジゼルの仕事だ。執務室に来る所員達が有難がって拝んでいる。

あのあと、ジゼルは職業紹介所で言葉を交わしたドルチェが、実はそこの責任経営者であり、自分のことをアリオンに知らせた仕事仲間だと知った。

新聞で記事を見たのだと言い、詫《わ》びと共に本婚約のお祝いの品をわざわざ届けに来ていた。

「うわあああああ僕のところの書類も減らないいっ」

「ネイトさん頑張って！　アリオンがいるうちに、確認できるものは回すのっ。ああ、ロバート課長はこっちの書類をどうぞお持ちください！」

「うむ、仕事が速くて助かる。あと何人いる？」

「回収で三人寄こしてくださいっ」

今や、アリオンの執務室には、以前だと考えられないくらい所員達の姿があった。各部署が入り乱れ、溜まった仕事と新しい仕事を進めさせるべくサポートしている。

「屋敷に仕事を持ち込んだらもっと早いのに――」

「だめっ、夜はきちんと眠りなさい！　さ、会議まであと少しよ、アリオンは手を動かす！」

「動かしているのに」

彼はペンを走らせながら言う。

「ジゼルさん、この申請書は俺《おれ》の方で持っていくな」

「お願いしますね、ビセンテさん。ごめんなさい、ばたばたさせてしまっていて」

するると彼が、鼻をこすって「へへっ」と笑った。

「全然いいと思うぜ。局長は、俺らが心配するくらい休まないお人だったからな。夜もぐっすりなのはいいことだ」

ネイトも、集まっている所員達みんなもそれに賛同してきた。

アリオンがそっぽを向いて、珍しく照れ隠しのように顔を顰《しか》めている。ビセンテが歯を見せて笑った。

「ところで局長、会議のあとの外出予定は俺の部下が迎えに行きますからね」

「……ジゼルの指示を最近は聞くようになったもんだな」

「局長秘書の命令は絶対だと、武装輸送課では信頼絶大の人になっていますからね。昼食を食べていただくためにも必要な処置です」

これまで、アリオンは仕事が忙しいことを理由に食事も不規則だったらしい。

そうジゼルが知って注意してから、みんなが「協力します」と勝手に申し出て、アリオンの健康管理も気を付けることが始まっていた。

なので、彼がその隙間《すきま》時間にやっていた仕事も今後はきちんとサポートする算段を立てるためにも、今は夜会までに溜まった仕事を片付けることに専念しているのだ。

「だって局長、婚約者に心配させたら嫌なんスよね？」

出る前に足を止めたビセンテの声に、アリオンが静かになる。

仮婚約だったジゼルは、夜会のあとで時間を作って彼と本婚約した。彼が不安に思うことは早々に排除したかったからだ。

獣人族の本婚約に『破棄』という言葉はない。

みんなが反応を見ている中、アリオンがちらりとジゼルの方を見た。

「僕は出掛けなくちゃならないんだが……その……」

「まだ不安？」

ジゼルは持っていた書類を置くと、彼の頬《ほお》を包み込んだ。

「私が帰る場所は、いつだってアリオンの隣だもの。残業になっても、あなたが帰ってきて『おかえりなさい』って言うのをここで待っているわね」

頑張っている彼の髪を撫《な》でてあげる。

すると、アリオンがぼぼぼっと首まで真っ赤になった。眼鏡《めがね》がかくんっとずり落ちて、いまだその可愛《かわい》い反応に慣れない全所員が過剰反応をした。

いつも平気で触ってくるくせに、ジゼルからのことは弱いらしい。

そう分かってから、彼女は婚約者の愛らしい動揺をちょっと楽しんでもいた。

なんやかんやですっかり幸せになって丸くもなりだした局長に、誰もが祝福するように笑い声を響かせたのだった。

了

あとがき

百門一新です。このたびは『蛇獣人の愛ある執着事情　逃げ出した私、鬼畜局長に強制仮婚約させられました』をお手に取っていただきまして誠にありがとうございます！

獣人シリーズも、９巻目のお届けとなりましたっ。

あっという間に、シリーズとして一迅社文庫アイリス様で９作目に……！

私もとても驚いております。こんなにも続けさせていただけているのも、読み切りだった『獣人隊長』から始まって一角馬、兎……とお楽しみいただき、皆様に応援いただいているおかげです！　本当にありがとうございます！

今回は蛇獣人×人族令嬢でのお届けになります。

いつか鬼畜系かヤンデレかあぶない系ヒーローを書いてみたいと思っていたのですが、愛ある鬼畜な可愛い（？）蛇獣人の物語を執筆いたしました。

あと、眼鏡キャラも大好きでしたので、春が野先生からキャラデザをいただいた時は昇天しそうになりました……。

今回、原稿の修正にも大変苦労いたしました。

プロットからガッツリ改稿し、本文の改稿もかなり重ねました。前作の双子の獣人と違った点でかなり苦戦いたしました。

担当編集者様と当初の打ち合わせで記憶に残っているのは、

『先生、鬼畜度とヒーローが危険です（というようなことを言われました）』

『え？』

何が？　と私は、当初ピンときませんでした。

電話の打ち合わせで担当編集者様のお話を聞き進めていく中で、ようやく
『確かにゾッとしますね！』

となりました（※その部分は割愛いたします）。

担当編集者様には、お電話で何度もご相談のお時間をいただきまして、感謝が尽きません。本当にありがとうございました！

そしてっ、今回の作品でアリオンとジゼルの次に大好きなのは、鳥獣人のネイト君でございます！

原稿のページ数が増え、泣く泣く彼の部分を削った箇所もございますが「本当にいい子だなぁ」「……そしてこの先も賑やかに苦労しそう」と思いました。

春が野先生からアリオンとジゼルに続き、ネイトのキャラデザを見せていただいた

時、イメージしていたままのネイトがそこにいて、パソコン画面に食い付いて大興奮の声を上げたのも覚えています。

カラーで彼の姿が見られた感動はものすごかったです。

アリオンも幸せになって本当嬉しかったですし、ジゼルもネイトも、局のみんなも本当に大好きです！

皆様のおかげで彼らの物語を執筆できましたこと、ここで改めて感謝申し上げます。

本当にありがとうございました！

蛇獣人の執着と溺愛ラブな本作を、皆様にお楽しみいただけましたら嬉しいです！

春が野かおる先生、このたびも美しくかっこよく可愛い最高なイラストを本当にありがとうございました！　カラーもモノクロも最高で、尊くて、アリオンとジゼルとネイトをもっとずっと見ていたくなりました！

今回も大変お世話になりました担当編集者様っ、私と何度も原稿に向き合ってくださいまして本当にありがとうございました！　素晴らしいデザイナー様、素敵な校正様、この作品にたずさわってくださった全ての皆様に感謝申し上げます！

蛇獣人、楽しんで頂けましたら幸いです！

百門一新

蛇獣人《へびじゅうじん》の愛《あい》ある執着事情《しゅうちゃくじじょう》
逃《に》げ出《だ》した私《わたし》、鬼畜局長《きちくきょくちょう》に強制仮婚約《きょうせいかりこんやく》させられました

2022年12月１日　初版発行

著　者■百門一新

発行者■野内雅宏

発行所■株式会社一迅社
〒160-0022
東京都新宿区新宿3-1-13
京王新宿追分ビル5F
電話03-5312-7432（編集）
電話03-5312-6150（販売）

発売元：株式会社講談社
（講談社・一迅社）

印刷所・製本■大日本印刷株式会社

ＤＴＰ■株式会社三協美術

装　幀■小沼早苗（Gibbon）

ISBN978-4-7580-9507-5

この本を読んでのご意見
ご感想などをお寄せください。

おたよりの宛て先

〒160-0022
東京都新宿区新宿3-1-13
京王新宿追分ビル5F
株式会社一迅社　ノベル編集部
百門一新《ももかどいっしん》 先生・春《はる》が野《の》かおる 先生

IRIS ICHIJINSHA 一迅社文庫アイリス

最強の獣人隊長が、熱烈求愛活動開始⁉

『獣人隊長の(仮)婚約事情
突然ですが、狼隊長の仮婚約者になりました』

著者・百門一新
イラスト：晩亭シロ

獣人貴族のベアウルフ侯爵家嫡男レオルドに、突然肩を噛まれ《求婚痣》をつけられた少女カティ。男装をしたカティは男だと勘違いされたまま、痣が消えるまで嫌々仮婚約者になることに。二人の関係は最悪だったはずなのに、婚約解消が近付いてきた頃、レオルドがなぜかやたらと接触＆貢ぎ行動をしてきて⁉　俺と仲良くしようって、この人、私と友達になりたいの？　しかも距離が近いんですけど⁉　最強獣人隊長との勘違い×求愛ラブ。

一迅社文庫アイリス

ユニコーンの獣人騎士が、暴走して本能のままに求愛開始⁉

『獣人騎士の求愛事情
一角獣の騎士様は、獣な紳士でした…』

獣人貴族の蛇公爵（♂）を親友に持つ、人族のエマ。魔法薬の生産師として働く彼女のもとに、親友から持ち込まれた依頼。それは、聖獣種のユニコーンの獣人で近衛騎士であるライルの女性への苦手意識の克服作戦で⁉
特訓の内容は、手を握ることからはじまり、恋人同士みたいなやり取りまで……って、スキンシップが激しすぎませんか⁉　ユニコーンの獣人騎士とのレッスンからはじまる求愛ラブ。シリーズ第２弾！

著者・百門一新
イラスト：晩亭シロ

IRIS ICHIJINSHA

第12回 New-Generation アイリス少女小説大賞

作品募集のお知らせ

一迅社文庫アイリスは、10代中心の少女に向けたエンターテインメント作品を募集します。ファンタジー、時代風小説、ミステリーなど、皆様からの新しい感性と意欲に溢れた作品をお待ちしております!

金賞	賞金100万円	+受賞作刊行
銀賞	賞金20万円	+受賞作刊行
銅賞	賞金5万円	+担当編集付き

応募資格 年齢・性別・プロアマ不問。作品は未発表のものに限ります。

選考 プロの作家と一迅社アイリス編集部が作品を審査します。

応募規定 ◉A4用紙タテ組の42字×34行の書式で、70枚以上115枚以内(400字詰原稿用紙換算で、250枚以上400枚以内)
◉応募の際には原稿用紙のほか、必ず ①作品タイトル ②作品ジャンル(ファンタジー、時代風小説など) ③作品テーマ ④郵便番号・住所 ⑤氏名 ⑥ペンネーム ⑦電話番号 ⑧年齢 ⑨職業(学年) ⑩作歴(投稿歴・受賞歴) ⑪メールアドレス(所持している方に限り) ⑫あらすじ(800文字程度)を明記した別紙を同封してください。
※あらすじは、登場人物や作品の内容がネタバレも含めて最後までわかるように書いてください。
※作品タイトル、氏名、ペンネームには、必ずふりがなを付けてください。

権利他 金賞・銀賞作品は一迅社より刊行します。その作品の出版権・上映権・映像権などの諸権利はすべて一迅社に帰属し、出版に際しては当社規定の印税、または原稿使用料をお支払いします。

締め切り 2023年8月31日(当日消印有効)

原稿送付宛先 〒160-0022 東京都新宿区新宿3-1-13 京王新宿追分ビル5F
株式会社一迅社 ノベル編集部「第12回New-Generationアイリス少女小説大賞」係

※応募原稿は返却致しません。必要な原稿データは必ずご自身でバックアップ・コピーを取ってからご応募ください。※他社との二重応募は不可とします。※選考に関する問い合わせ・質問には一切応じかねます。※受賞作品については、小社発行物・媒体にて発表致します。※応募の際に頂いた名前や住所などの個人情報は、この募集に関する用途以外では使用致しません。